約會大作戰 3 殺手狂三
DATE A LIVE Killer KURUMI
U0045632

「可以……唷，如果對方是士道的話……」
轉學生——時崎狂三

「當然是親生妹妹比較厲害呀！」
士道的親生妹妹？——崇宮真那
「…………」
高中生——五河士道
「現在我才是他的妹妹！」
士道的義妹——五河琴里

「士道！」
精靈——十香
「沒關係，我也才剛到。」
士道的同班同學——鳶一折紙

「我非常高興唷——那麼，我們要先去哪裡呢？」

「打不倒的話，就打到妳倒下來為止；死不了的話，就殺到妳再也無法復活。
我會持續不斷地殺死妳。這就是我的使命，同時也是我生存的理由。」

「嘻嘻……嘻嘻……嘻嘻嘻嘻嘻嘻嘻嘻嘻，妳還～～～～～不明白嗎？妳是絕～～～～～對永遠無法將我完全殺死的！」

第三精靈——狂三

CONTENTS

約會大作戰

殺手狂三

橘 公司
Koushi Tachibana

Kadokawa Fantastic Novels

封面・內文插畫　つなこ

精靈
THE SPIRIT

存在於鄰界，被指定為特殊災害的生命體。發生原因、存在理由皆為不明。
現身在這個世界時，會引發空間震，給周圍帶來莫大的災害。
再者，其戰鬥能力相當強大。

處置方法1
WAYS OF COPING 1

以武力殲滅精靈。
但是如同上文所述，精靈擁有極高的戰鬥能力，所以這個方法相當難以實現。

處置方法2
WAYS OF COPING 2

——與精靈約會，使她迷戀上自己。

殺手狂三

Killer KURUMI

SpiritNo.3
AstralDress-NightmareType Weapon-ClockType[Zafkiel]

序章　黑暗的訪客

「我是精靈唷。」

六月五日，星期一。

聽見站立在黑板前的轉學生說出這句話之後，來禪高中二年四班的教室陷入一片沉默。

只是並非所有人的反應都是不發一語地露出相同表情。

大多數學生無法理解她所說的意思，紛紛露出「這傢伙是怎麼回事呀？愛作白日夢的女孩？還是有毛病呀？」的驚訝神情。

除此之外，也有許多男孩子被她令人驚豔的美貌奪去目光，所以沒有聽到這句話。

——但是，五河士道的反應卻與他們完全不同。

「……什！」

在眉間刻劃出深深的皺紋，臉頰流下汗水，士道注視著從容不迫地站在講台旁邊的轉學生。

將黑色頭髮綁成雙馬尾的少女。肌膚如同珍珠般白皙光滑。露在領口外面的脖子相當纖細，彷彿稍稍用力就會折斷似的。

最大的特徵是瀏海。雖然少女擁有驚人的美麗容貌……但是瀏海卻長到令人覺得異常的地步，幾乎遮住了臉的左半邊。

不過，士道卻不得不因此感到慶幸。

沒被瀏海遮掩的右眼——接觸到那個視線的瞬間，士道感受到一股猶如受到惡魔誘惑般的陶醉感。所以如果被她的雙眼所注視，士道應該也會變成剛剛所提及的那些男生們的一分子吧。

士道嚥下一口口水，然後往黑板的方向瞄了一眼。

此時，少女拿著白色的粉筆在黑板上寫下自己的名字。

「時崎……狂三。」

士道以其他人都聽不見的音量唸出這個名字。

精靈。

剛剛她——狂三確實有說出這個字詞。

現在教室裡只有三個人真正聽懂那句話的意思……

「…………」

士道將視線投向自己左右兩側的座位。

坐在右手邊的少女——夜刀神十香露出目瞪口呆、一看就知道是非常吃驚的表情。

相反的，坐在士道左邊位置上的鳶一折紙，臉上表情雖然完全沒有任何改變，但是卻以彷彿想要冷酷地射殺對方般的銳利視線注視著狂三。

然後——就在士道看完左右兩人的反應，將視線移回前方的瞬間……

「……！」

士道屏住呼吸，肩膀顫抖了一下。

不過，這也是理所當然的事情。因為時崎狂三正以裝飾著長長睫毛的右眼凝視著士道。

「……什——」

士道的身體動彈不得。此時，狂三的眼睛與嘴唇，彎成微笑的形狀。

「希望以後能與各位同學好好相處。」

說完後，她輕輕鞠躬。

沒有人察覺到士道的恐懼，教室中響起一片掌聲。

時崎狂三

第一章 第二位轉學生

舔舔嘴唇，嚐到汗水的味道。

除了重力以外，展開在身體周圍的隨意領域(Territory)還能隨心所欲地操控溫度與溼度。

因此，雖然徵狀不明顯，不過一旦確定身體會輕微發汗的話，那就表示有外在環境以外的條件造成了這種現象。最常見的原因大多是過度的運動、罹患重度疾病——還有，異常的緊張。

「…………」

鳶一折紙像是要調整呼吸般嚥下一口口水，重新握緊手中的高功率光劍〈No Pain〉的劍柄。

現在，包覆著折紙纖細身軀的並不是平時穿慣的高中制服，而是接線套裝與戰術顯現裝置搭載組合。

為了施展魔法，現代巫師(wizard)必須穿上這種機械鎧甲。

穿上這套鎧甲並且展開隨意領域的巫師，就算將他們稱之為超人也不為過。

但是——如今幾乎等同於超人的折紙，卻完完全全地被逼到了絕境。

「——嗚哇啊啊啊啊啊！」

「……！」

聽見從搭載在耳麥上的通訊器所傳來的悲鳴聲，折紙輕輕地嘆了一口氣。

相當耳熟的聲音。那是折紙所隸屬的對抗精靈部隊（Anti Spirit Team）——簡稱ＡＳＴ隊員的聲音。

這是——第九個人。也就是說除了折紙以外，所有的隊友全都被打倒了。

「……嗚！」

折紙繼續躲藏在障礙物後頭，並且在腦內下達指令。

瞬間，展開在折紙周圍的隨意領域，其內部的光線產生折射，將原本看不見的景色投射在折紙的視網膜上。

位於陸上自衛隊天宮駐防基地附近的特別演習場。

這裡是專門讓折紙等ＡＳＴ隊員練習如何使用顯現裝置，被施以魔力處理的特設場地。

猶如廢墟般的障礙物林立在周圍，而在那個空間的中心，有位綁著一束馬尾的少女從容不迫地佇立其中。

——崇宮真那。

折紙在心中默念少女的名字，同時重新觀察她的身影。

年紀大約十四、五歲。左眼下方有一顆哭痣，看起來相當聰明伶俐的容貌中，還殘留幾分孩

子氣。

但是，包覆在那嬌小身軀之外的，卻是與少女完全不相稱的機械鎧甲——CR-Unit。

身上穿著和折紙他們的款式稍稍不同的接線套裝，以及雙肩裝備著猶如盾般的兵裝。據說那是比折紙他們的裝備更新一代的試作品。

「——好了，剩下最後一人。不管從哪個方向進攻都可以，快點出來吧！」

對於倒在腳下的ＡＳＴ隊員看都不看一眼，真那如此說道。

雖然從這個角度看不到，不過林立在周圍的障礙物的陰影處，應該躺著喪失戰鬥能力的八名ＡＳＴ隊員。

相當壓倒性的實力。簡直就像是將對方當成精靈般的戰鬥方式。

——上個月月底，她被調派到天宮駐防基地。

據說——她是陸自的頂尖王牌。

據說——她使用顯現裝置的技巧是世界前五強。

據說——她曾經獨自一人「殺死」精靈。

的確，光是聽到這些傳言，應該不難想像對方是一名超乎常人的怪物。

但是，她在初次見面時卻說出了「你們當中有人可以勝過我嗎？」這種話，以身為精英而自負的ＡＳＴ隊員們自然無法對此保持沉默。

因此便以「確認真那實力」為名目，舉行了一對十的特別演習。

老實說，折紙對這場演習其實不感興趣……

「…………」

緘默不語。折紙想起前幾天與真那的對話。

當真那被分派到天宮駐防基地的那一天，折紙他們剛好在觀看前一天的戰鬥影像。

然後，真那在看見播映在畫面中的少年——五河士道之後，說了一句話……

——「哥哥」。

從來沒聽說過士道還有一位像這樣的妹妹。事後，當折紙問起這件事情時，真那卻非常驚訝地開口說道：

「鳶一上士認識哥哥嗎！姆……嗯，好吧，要我告訴妳詳情也可以——但是，妳必須參加下次的演習。這是我的條件。」

這個要求讓折紙毫無選擇的餘地。

最後，折紙只好參加演習——

演習的結果如同前文所敘述。

九名隊員已喪失戰鬥能力。至於折紙，除了近戰用對精靈光劍外，也失去了所有的裝備。相反的，真那直到現在都還是毫髮未傷的狀態。

「……請您出來吧，再這樣下去，時間就要結束了咧！」

真那嘆了一口氣，以稱不上是正確敬語的敬語如此說道。

再這樣繼續躲藏下去也不是辦法。折紙讓身體飄浮起來，現身在真那面前。

「——哦，終於下定決心了嗎？」

「…………」

折紙在腦內下達指令，驅動背部的飛行推進器。

折紙手中的武器只剩下一把〈No Pain〉而已。所以除了近戰之外，已經別無選擇。折紙將身體向前傾，以驚人的速度飛到空中。

「真是勇敢。我欣賞妳的做法唷～」

真那揚起嘴角的同時，讓雙肩的裝備產生變化並且著裝於雙臂之上。

「〈群雲〉——雙刃型態。」

說完這句話的下個瞬間，從盾的前端出現巨大的光刃。

但是，折紙卻沒有停下動作。

將〈No Pain〉高舉過頭，進一步提昇速度。

但是，折紙也明白如果就這樣直接進攻的話，一定會反遭擊敗的道理。

「——就是現在！」

因此，在自己與真那的隨意領域互相接觸的那一瞬間，折紙便快速地縮小隨意領域。

將平常展開到半徑三公尺的隨意領域，一口氣縮小到十分之一的範圍。

瞬間，超出隨意領域範圍外的飛行推進器的後半部分，恢復了原有的重量。折紙配合這項變化，解除接線套裝與飛行推進器的連接部分，然後抱緊已經消去光刃的〈No Pain〉，蜷起身軀，從真那的側邊穿過去。

「什……？」

似乎是因為沒有預測到對方會採取這樣的行動，真那不禁瞪大了眼睛。

失去主人的飛行推進器瞄準真那，依循慣性化身為巨大砲彈迎面而來。

「嘖！太天真了……！」

但是，真那立即恢復冷靜，然後用光刃將飛行推進器直向砍成兩半。

啪嚓啪嚓！火光四散。斷成左右兩截的飛行推進器殘骸冒出濃煙、墜落地面。

但是——這正是折紙的真正目的。

「——嘖！」

讓〈No Pain〉的刀刃再次顯現出來，然後將刀鋒對準真那的背部攻擊。

抓準真那專心迎擊飛行推進器時所產生的一瞬間空隙，趁機放出必中一擊。

如同折紙所料，〈No Pain〉的刀刃成功地在真那的CR-Unit上留下了淺淺傷痕。

——但是……

「什……！」

折紙不自覺地大叫出聲。

就在光劍的刀鋒接觸到真那裝備的一瞬間，全身體表居然產生一股像是被手掌來回撫摸般的感覺——折紙的動作停止了。

「——呼，好危險呀！」

真那轉過頭，看向折紙。

折紙屏住呼吸。沒錯。真那憑藉著隨意領域，停止了折紙的動作。

……的確，其實這也是預料之內的事情。

憑真那的反應速度，或許在迎擊飛行推進器的下一瞬間，確實有辦法立即應付折紙的行動也說不一定。畢竟這個位置與真那的身體是近在咫尺的距離。同時也是位於她的領地——隨意領域之中。

既然如此，如果利用濃縮到三十公分的隨意領域的話，應該就有辦法在對方的領域活動——原本折紙是如此估算的。

但是……自己的預測似乎太過天真了。

「很可惜，將軍！」

真那慢慢地轉過身體，將光刃抵在折紙的肩頭。

同一瞬間，頭上響起信號器的聲音。接下來，耳麥響起說話聲：

「演習結束。崇宮真那少尉獲勝！」

演習結束之後。

回到駐防基地飛機庫的折紙坐在原地凝視著地板。

彷彿回想起十幾分鐘前的那種感覺，折紙用力地握緊了右手。

「…………」

因為解除了先前的隨意領域，所以身體變得非常沉重。就連舉起手臂、握起拳頭等動作都會伴隨著猶如在極為濃稠的泥水中游泳般的不自然。

但是這些理所當然的現象，卻彷彿在暗示著自己的無能。一想到這件事情，折紙不自覺地將力道注入緊握的拳頭中。

「崇宮——真那。」

以令人難以置信的精準度操控隨意領域，以及將特殊兵裝當作自己手腳般使用的熟練度。原

來如此，傳言所言不假，她果然是名天才。

這應該是相當值得高興的事情吧。真那是人類，也是AST隊員。也就是說，她與折紙相同，都是以打倒精靈為首要目的。只要有像她這種程度的巫師存在，作戰的成功率也會大幅提昇吧。

不過，即使頭腦可以理解這些事情，但是折紙的心裡卻被一股無法解釋的焦躁不安所籠罩。

「……好強。」

然後，就在折紙一邊瞪視緊握著的拳頭一邊說話時，頭上突然傳來了說話聲。

「——妳也很厲害唷，鳶一上士。」

迅速地抬起頭來。不知在何時走到自己身邊，身上僅穿著接線套裝的真那，雙手拿著運動飲料佇立在眼前。

「請用～」

說完後，將左手拿著的運動飲料遞到折紙面前。

「…………」

儘管才剛剛解除隨意領域，但是從真那的舉手投足間卻看不出絲毫遜色之處。

折紙以複雜的心情仰望真那，同時舉起沉重的手臂接下瓶子。

真那一臉滿足地點點頭，喝了一口飲料後，繼續說道：

「老實說，我很驚訝。雖然只有幾毫米的刀刃部分，但是我已經很久沒有遇見有辦法攻擊到我的人了。」

沒有挖苦，只是單純地評價折紙的實力。

但是，折紙微微咬緊了牙齒。

「該怎麼做——才能變得跟妳一樣強呢？」

聽見折紙的問題，真那彷彿相當困惑似的，將眉毛皺成了八字眉。

「妳問我該怎麼做……」

「聽說妳曾經殺掉過精靈。請告訴我詳情。」

聽見折紙的話，真那輕輕地聳了聳肩。

「殺掉……精靈嗎？哎呀，以字面上來看，這種說法確實是沒有錯……」

聽見如此曖昧不清的回答，折紙輕輕地歪了歪頭。

「什麼意思？」

「嗯嗯……應該說妳最好不要把『那個』跟其他精靈相提並論唷。」

「怎樣都好。即使只是些微不足道的情報也可以，請妳告訴我吧。」

「哎呀，是無所謂啦……因為就算現在不說，我想過不久妳應該就會有機會親眼見識到了吧——就是因為這個原因，所以我才會被分派到這裡。」

聽見這段話中有話的發言，折紙微微歪了歪頭。

「……？我聽說妳被分派到這裡的原因是為了增強戰力。」

「這種說法沒有錯唷。不過，更加正確的說法是因為在這附近偵測到了『某個精靈』反應的緣故。」

「某個精靈？」

「沒錯。她是我長久以來一直在追捕的邪惡精靈。識別名是——」

然後，就在真那正要說出口的瞬間……碰！碰！兩人的頭突然被人打了一下。

「……！」

「好痛！」

折紙與真那同時用手按著頭，然後又同時朝著右手邊轉過頭去。

身穿自衛隊常裝的ＡＳＴ隊長——日下部燎子，單手握著猶如用冊子捲成一圈的東西，站立在原地。

「妳．們．兩．個．呀……」

浮現在額頭上的血管不斷跳動，燎子動作迅速地指向從演習場回收的鐵塊——已經斷成兩截的飛行推進器。

「我已經說過這是一場模擬演習吧！為什麼要破壞如此昂貴的裝備呀！」

兩人看著燎子所指示的方向一會兒之後，才開口說道：

「半吊子的方法根本無法讓崇宮少尉露出破綻。」

「雖然是模擬演習，不過我認為如果沒有認真作戰的話，根本無法取得正確的資料呀——」

此時，兩人的頭再度被打了一下。

「請徹底調查清楚搭載有顯示裝置的裝備價值之後，再來發表高見吧。我們的預算可不是取之不盡，用之不竭的唷。」

「是！」

「我下次會妥善處理的。」

「真是的……」

燎子留下「以後小心一點」這句話之後，便聳著肩膀走開了。

看見她的背影消失不見之後，真那看似不滿地撇起嘴唇。

「真是的，隊長大人還真是讓人頭疼呢。就是因為這麼小氣，所以才會被精靈耍得團團轉。」

「同感。」

折紙點點頭；於是真那高興地揚起嘴角。

「我們兩人真是意氣相投呀，鳶一上士。我們都是將精靈視為怪物的人。要是在金錢方面如

此斤斤計較，將會輸掉原本可以贏的戰爭。」

說完後，真那誇大地聳聳肩。

折紙沉默不語地重新端詳起真那的容貌。

果然……無論是五官或是氣質，都與士道非常相像。

但是，士道應該只有一個妹妹才對呀。

雖然沒有跟她說過話，但是有見過幾次面。五河琴里。不用說，與真那根本就是完全不同的兩個人。

但是——根據折紙的情報顯示，士道應該是名養子。所以她或許很有可能是士道的真正妹妹也說不定。

「崇宮少尉。」

折紙自然而然地開口說道：

「約定。告訴我妳跟士道的關係吧。」

「士道……？那是誰的名字呀？」

真那歪著頭。……奇怪？折紙驚訝地繼續說道：

「就是前幾天妳看過的，出現在與〈隱居者（Hermit）〉作戰影片中的那名少年的名字。也就是妳稱他為『哥哥』的那個人。妳答應過我，只要參加演習的話，就會告訴我詳情。」

「……哥…哥……？」

然後，真那微微皺起眉頭。

「怎麼了？」

「不，我覺得……頭有點痛……」

說完後，她用手按住側頭部。

折紙曾經看過真那的這種反應——與上個月，她在畫面中看見士道身影的反應一模一樣。

「……對不起，已經沒事了。那個，妳想問的是關於哥哥的事情吧。」

彷彿想要驅離頭痛般，真那輕輕地搖了搖頭，然後從接線套裝的胸口處取出一個小墜子。

接下來，將墜子打開來給折紙看。裡面放著一張小男孩與小女孩的照片。

「——士道。」

輕聲呢喃。沒錯，毋庸置疑，那確實是年幼時的五河士道。然後，在他身旁，有名以哭痣為其特色的小女孩——無論怎麼看，都像是真那。

「這是？」

「以前的照片——是我失散已久的哥哥的唯一線索。」

「請妳告訴我詳情。」

折紙說完後，真那一臉困惑地搔了搔頭。

「很抱歉……我不記得了。」

「……什麼意思？」

「不……其實我沒有以前的記憶。」

「……喪失記憶？」

「簡單來說，是這樣沒錯——但是，當我看見那個影像的瞬間，我突然回想起來了。我曾經稱呼那個人為『哥哥』。」

「既然如此，為什麼要提出那樣的條件？」

折紙驚訝地提出疑問。然後真那有點愧疚地低下頭。

「不……因為我想見識一下鳶一上士的實力。因為在這個部隊中，應該就屬妳的實力最強吧——老實說，妳的實力超出我的預想。」

「…………」

折紙不發一語地凝視著真那的臉。明明呈現出壓倒性的實力差距，卻還被人說是「超乎預期」，折紙難免覺得心情有些複雜。

然後，真那的眼睛看向上方，同時繼續說道：

「因此……鳶一上士。對不起，我想順便對妳提出一個要求。」

「什麼？」

「這其實是個很自私的要求，那個……妳知道哥哥的事情吧？只要在妳所知道的範圍內即可，能不能將哥哥的事情告訴我呢？」

「…………」

總覺得兩人立場完全顛倒過來了……折紙沉思了一會兒之後，輕輕點頭。

「——名字是，五河士道。年紀大約十六歲。」

「是！」

「家族成員為父親、母親、妹妹。現在雙親到海外出差而長期不在家。擅長做家事。」

「嗯……」

「血型是AO型（Rh+）。身高一七〇・〇公分。體重五十八・五公斤。上半身長九〇・二公分。上臂三〇・二公分。前臂二十三・九公分。胸圍八十二・二公分。腰圍七十・三公分。臀圍八十七・六公分。」

「……呃？」

「右眼視力〇・六、左眼〇・八。右手握力四十三・五公斤、左手四十一・二公斤。血壓一二八～七十五。血糖值八十八mg/dl。尿酸值四・二mg/dl。」

「S……Stop、Stop！我沒有要問到這麼詳細！」

「是嗎。」

面對焦躁地叫出聲來的真那，折紙以輕輕點頭作為回應。

「話說回來，那……那是怎麼回事呀？居然有如此詳細的資料。是在開玩笑嗎？」

「不是開玩笑。這些全部都是正確數值。」

「…………」

折紙以一本正經的表情如此回應。真那的臉頰流下汗水並且皺起了眉頭。

「……抱歉，鳶一上士與哥哥到底是什麼關係呢？」

聽見真那的問題，折紙沒有絲毫耽擱地，同時不帶一絲迷惘、躊躇、猶豫地開口回答：

「戀人。」

◇

「等一下。你在做什麼呀，士道？」

「咦？」

自家住宅的客廳中，五河士道突然被人這麼一問，下意識地發出語無倫次的回答。

轉過頭，看見一名用黑色蝴蝶結將長髮綁成雙馬尾並且身穿制服的女孩子，手扠著腰站立在眼前。

那是士道的妹妹——五河琴里——的「司令官模式」。

圓滾滾的可愛雙眸如今正扭曲成不悅的形狀，啣在嘴裡的加倍佳糖果棒，猶如正在威嚇敵人的動物尾巴般高高豎起。

「做什麼……當然是去上學啊。」

士道低頭打量自己的打扮。身穿高中制服（夏季制服）、右手拿著書包、左手提著放有便當的便當袋。無論怎麼看，都像是要去上學的樣子。

但是，琴里卻做出在美國家庭戲劇中常見的動作——一邊聳肩一邊搖頭。

「ＯＫ～讓我們來整理一下現在的情況。士道拿在左手上的是什麼東西呢？」

「便當。」

「自己要吃的嗎？」

「不是……這是要給十香的……」

沒錯。士道自己的便當已經放在書包裡了。但是為了居住在自家隔壁公寓的少女——夜刀神十香，士道又特地做了另外一份便當。

「你要如何將那個轉交給十香呢？」

「我打算放到信箱裡……」

由於不能在學校親手將便當交給她，所以士道打算使用信箱的備份鑰匙，然後每天早上將便

當放在那個地方。

此時，士道突然「啊」了一聲。

「啊啊，妳是在擔心那個啊？天氣漸漸變熱了，妳是在擔心衛生方面的問題嗎？放心啦。我有放入保冷劑跟抗菌紙。哎，其實如果能放進梅干的話，效果會更好吶。但是呀，十香不喜歡吃梅干，所以──啊呀！」

話還沒說完，小腿骨就被琴里踢了一下。士道往前彎下腰，痛得幾乎快要昏厥過去。書包掉落到地面上，不過士道還是努力地保住了十香的便當。

「妳……妳在做什麼……！」

「還不都是因為你說出這些蠢話的緣故！為什麼要特地放進信箱裡呢？」

「因為如果不那麼做的話，我就無法把便當交給她啊。而且我們上學的時間也不一樣──」

「這就是重點。」

琴里用手指將原本啣在嘴裡的加倍佳拿起來，然後迅速地指向士道。

「自從十香搬到隔壁後，大約經過了兩個禮拜──士道，你有和十香一起上學過嗎？」

「咦？那個……」

士道突然將視線轉向上方，在腦袋中默數次數。

「……聽妳這麼一提，確實沒有耶。一次都沒有。」

使用因為書包掉落在地面而重獲自由的右手搔了搔臉頰，士道如此說道。

因為某些原因，士道與十香曾經在這個家同居過一段時間。那個時候，為了避免同學之間傳出奇怪的謠言，所以兩人會特地錯開時間上學。

不過，現在兩個人已經不是同居而是變成鄰居了，所以其實根本不需要再如此神經質。事實上，兩人幾乎每天都一起回家。

但是，不知道是不是一時難以改變習慣的關係，即使到了現在，士道還是會提早上學。

……哎，雖然說十香比士道愛賴床也是造成這種狀況的原因之一。

琴里表現出「真是拿你沒辦法」的態度，用手扶住額頭。

「好不容易成為鄰居，而且還是同班同學，我不懂你怎麼會白白浪費一起上學的好機會呢？以後如果再有其他精靈出現的話，你跟十香相處的機會就會變得越來越少，所以要趁還能在一起時盡量陪在她的身邊呀。」

「姆、姆嗚……」

士道從喉間發出聽似呻吟般的聲音後，陷入沉默。

——這個世界偶爾會發生一種名為「空間震」的突發性災害。

如同「空間的地震」這個字詞的表面意思，在伴隨著一陣劇烈爆炸之後，以震源為中心的特定範圍內的空間將會猶如被挖去一角般，消失得無影無蹤。

即使現在已經確立空間震的預測方法，也能快速地修復建築物，但是那依然算是一種相當嚴重的天災。

雖然沒有對外公布這項訊息——不過造成空間震的真正原因，是被稱為「精靈」的存在。

精靈平時生存在異於這裡的另一個世界，當她們出現在這個世界時，空間的邊界就會產生劇烈的搖晃。據說這正是形成空間震的物理機制。

當然，知道這件事情的人們，為了防止這種災難的發生，想出了各式各樣的對策。

主要的方法有兩種。

第一種是以武力殲滅精靈。

然後，另一種方法則是——

「懂了嗎，士道？等到下一個精靈出現之後，你就必須讓她迷戀上你唷。」

「我……我知道啦！」

士道露出為難的表情，嘆著氣回答。

沒錯。那就是另一種方法。

接近出現在這個世界的精靈，和她對話、約會、提昇好感度——然後接吻。

不知為何，士道擁有藉由接吻就能封印精靈力量的能力。

然後，琴里所屬的組織——〈拉塔托斯克機構〉相當重視這股能力。

「很好。那麼，今天就和十香一起上學吧。ＯＫ？」

「嗯，我明白了。」

對此並沒有異議的士道撿起書包，接著往玄關的方向走過去。

「等一下，士道。你忘了這個唷。」

然後，半途中，聽見琴里聲音的士道看了看自己的雙手。

「啊？還有別的東西嗎？」

「這個啦，這個！」

琴里伸出手，將放在左手掌心中的小型耳麥遞給士道。

接著豎起右手食指，指了指自己的耳朵。

——簡直就像是要士道馬上將那個耳麥戴上耳朵似的。

「……那個？這……這是怎麼回事……？」

「這是個好機會，順便進行訓練吧。好了，快戴上、快戴上！」

然後，琴里揚起嘴角，半強迫性地將那個耳麥戴在士道的右耳上。

「妳……妳說訓練……這次又要做什麼啊？」

「這個嘛——今天的課題是讓十香的嫉妒消失不見唷。」

「什……什麼？讓嫉妒……消失不見？這是什麼意思？」

「嗯。你還記得上個月當四糸乃出現時，十香所表現出來的反應嗎？」

「……啊，我記得。」

士道輕輕點頭。

四糸乃是繼十香之後出現在這個世界，看起來像是名小女孩般的精靈……但是，當她現身的時候，十香卻不知為何鬧起了彆扭。

「重點在於，如果士道與其他女孩過於親密的話，十香就會感到不悅。」

「咦……？為……為什麼？」

聽見士道的發言之後，琴里嘆了一口氣，彷彿在嘲笑士道的愚蠢。

「總．而．言．之。士道在與其他人培養感情的過程中，十香的精神狀態會變得越來越不穩定——最後出現精靈力量逆流的情形。如果每次新的精靈出現時都會發生這種事情的話，那可就讓人頭疼了呀——所以呀！」

琴里豎起手指，指向士道。

「在今天的上學途中，〈拉塔托斯克〉的特務人員將會做出各式各樣的事情來煽動十香的嫉妒心。士道必須對這些情況做出妥善處理。」

「妳說妥善處理……那個，具體的方法是什麼呢……？」

「不要問那麼多，快點出發吧！」

即使士道的臉上寫滿疑惑的神情，但是琴里卻對此毫不在意，從背後推著士道往玄關的方向走過去。

「現在應該差不多到了十香準備出門的時間了吧。我會透過耳麥告知你詳情。」

「不，等……等一下……」

雖然腦袋仍然處於一片混亂，但是在這兩個月當中，士道已經深刻地體認到違抗這個模式的琴里只是種白費力氣的舉動。所以士道只好無奈地穿上鞋子。

然後，此時從士道的背後再次傳來琴里的聲音。

「啊啊，對了對了，還有一件事情。今天會有一位客人來訪。哎呀，雖然只能打個招呼而已，不過請你到時候務必跟對方說說話唷。」

「客人？」

琴里沒有回答士道的疑問，徑自爬上樓梯。因為琴里剛剛說過會透過耳麥下達指示，所以現在她應該是要前往二樓陽台，請〈佛拉克西納斯〉來接自己上船吧。

百思不得其解。但是，繼續這樣下去也不是辦法。士道打開門走到了外面。

瞬間，刺眼的陽光襲向他的視網膜。

「嗯……」

今天是六月五日。這個時候應該已經進入梅雨季節了，但是最近的天氣卻出奇得好——簡直

就像是老天爺已經在上個月將雨全部下完似的。

往年總會被雲遮蔽的強烈陽光直射地面，讓氣溫直線上升。令人難以忍受的酷熱，所以士道也在今天換穿了夏季制服。

然後——就在此時……

「咦……？」

陽光下，士道看見有個人影站在五河家正前方，於是不自覺地睜大了眼睛。

站在前方的，是一名與琴里差不多年紀的女孩子。

身穿衣料輕薄而涼爽的洋裝，頭上戴著幾乎快要遮住眼睛的白色草帽。帽簷下方是猶如海洋般的藍色頭髮，而藍寶石般的雙眸正從頭髮的隙縫看往士道的方向。

然後，最大的特徵是她的左手。不知為何，她的左手戴著外型被設計得滑稽有趣的兔子手偶。

「四糸乃！」

士道當然不會忘記如此有特色的女孩的名字。士道打開門之後，走到四糸乃身旁。

「哈囉～士道。好久不見了呢！」

然後，戴在四糸乃左手上的兔子手偶，突然張開嘴巴說話了。

「哦……哦哦，好久不見吶——那個……四糸奈。」

士道輕輕點頭，同時對手偶做出回應。這個手偶的名字是「四糸奈」。是四糸乃的朋友。

這個手偶的本體只是個普通的娃娃，會說話也是因為腹語術的緣故——但是，據說當四糸乃戴上這個手偶時，她的心中就會同時出現另一位名為「四糸奈」的人格。

也就是說，手偶的舉動與所說的台詞都不是出自於四糸乃的本意。

「妳今天怎麼會來這裡？檢查已經全部結束了嗎？」

「嗯～檢查的部分，在很久以前就完成了唷～只是還需要稍微練習一下～」

「四糸奈」一邊高興地揮舞短短的小手，一邊如此說道。

「什麼練習？」

士道說完後，「四糸奈」便掀起四糸乃的帽簷。

「……！」

彷彿相當害怕似的，四糸乃的肩膀顫抖了一下。

但是，在做出一個吞嚥口水的舉動之後，她張開顫抖的嘴唇。

「早……早安呀，士道……！」

四糸乃用比起上個月更為清晰的聲音如此說道。

「哦哦！」

士道睜大眼睛，身體微微後仰。

四糸乃相當害羞又怕生，所以時常將與外界溝通的事情交給「四糸奈」處理，自己則是幾乎不說話。至少這是士道第一次聽見四糸乃用這麼大聲的聲音說話。

此時，右耳突然響起「哼哼」兩聲——是琴里的聲音。看來她已經回到〈佛拉克西納斯〉了。

「怎麼樣呀？她也能跟我和令音說話了唷。」

「真的嗎？好厲害呀～四糸乃！」

士道說完後，四糸乃難為情地拉低帽簷，不過嘴角卻透露出幾分笑意。

然後，發出加倍佳在口中旋轉的聲音之後，琴里繼續說道：

「雖然現在還不到時候，不過以後我想讓四糸乃也搬遷到艦外居住——或許是因為有四糸奈陪她說話的關係，她所累積的壓力值比十香還要低。雖然維持現狀應該也不會發生什麼問題……不過，對於〈拉塔托斯克〉而言，果然還是希望精靈能學習融入社會，過著幸福快樂的日子。」

「嗯。這樣很好呀。」

「嗯。所以今天特地讓她過來稍微打個招呼。」

「妳的意思是？」

「如果四糸乃要在艦外居住的話，最佳地點當然是那個地方呀～」

配合琴里的話，士道抬起頭看向聳立在五河家隔壁的公寓。

十香目前所居住的這棟建築物，是由〈拉塔托斯克〉所特別建造的「精靈專用特設住宅」。據說即使發生意外事故，也不會輕易地被破壞。

「哎呀……這樣呀。」

「所以——如果沒有好好跟十香解釋清楚，那可就麻煩了。」

「啊……」

士道深表同意地瞇起眼睛。

確實是如此。雖然住在不同房間，不過就某方面來說，她們應該算是鄰居關係。不，其實十香與四糸乃本來就是同為精靈的同伴。雖然四糸乃依然有點害怕十香，不過如果兩人有辦法好好對話，那就再好不過了。

然後——就在此時，公寓的自動門悄悄地開啟了。

接下來，一名少女一邊打呵欠一邊從門的另一側走出來。

在燦爛陽光中顯得格外引人注目的黑色長髮、美麗的容貌以及坐鎮其中的水晶雙眸。

她是士道的同學，也是精靈——夜刀神十香。

「……！」

看見對方的裝扮，士道屏住了呼吸。

十香現在穿在身上的，並不是直到上個禮拜為止都會穿去上學的西裝外套，而是短袖襯衫的夏季制服打扮。

哎，士道也是從今天開始更換夏季制服，所以這其實也沒什麼好大驚小怪的……只是在看見那套比起往常更加凸顯身材曲線的服裝之後，士道難免感到有些心跳加速。

「嗯……？士道！」

似乎直到現在才察覺到士道的存在，十香睜大眼睛並且大叫出聲。

「怎麼了嗎？居然一大早就能見到面，真是難得耶！」

「啊……啊啊……我……我想說偶爾跟十香一起去上學應該也不錯吧……」

眼神游移不定的士道如此說道。然後，十香的臉頰微微泛紅，表情也在瞬間變得非常愉悅。

「是嗎！嗯，那個——我覺得……這個提議非常好唷！」

十香高興地用力點頭……該怎麼說呢？看見對方如此坦率地表現出喜悅，還真是讓人感到難為情呀。

因為不知道接下來要說些什麼，所以士道便將原本拿在手上的便當袋遞出去。

「還有，這個。這是今天的午餐。」

「哦哦！」

十香笑容滿面地接過那個便當。

「今天的……今天的菜色是什麼呢！」

「嗯，今天有蘆筍培根卷、肉餅煎蛋還有通心麵番茄沙拉。啊，飯是雞肉炒飯唷。」

「你說什麼……！」

士道說完後，十香的臉上浮現看似恐懼的神情，然後一邊觀察周圍的情況一邊抱緊便當袋。

「這……這樣不會有問題嗎，士道？」

「啊……？什……什麼問題？」

士道以呆滯的語氣提出疑問。然後，十香壓低音量繼續說道：

「便當裡居然同時出現蘆筍培根卷與肉餅這種豪華的菜色，要是讓大家知道的話，說不定會演變成嚴重事態呀……？在最壞的情況下，大家說不定會圍繞著這個便當引發暴動——」

「不，不會發生這種事情。」

「是……是嗎……那就好。不，不對。將白飯做成雞肉炒飯這種事情可是種天理不容的行徑呀……很有可能會因此觸犯國際法呀？」

到底是從哪裡學到這些話？十香以嚴肅的語氣如此說道。

「不會、不會……啊，難道妳不喜歡雞肉炒飯嗎？我可以跟妳交換菜色唷。」

如果便當菜色完全相同的話，很有可能會再次被折紙追究原因。所以從兩個禮拜前開始，士道總會巧妙地更改過雙方的配菜。不過士道的便當主要都是昨天晚餐的剩菜，所以幾乎沒有花多少工夫料理。

但是，就在士道提出這個建議的瞬間，十香卻緊緊抱住便當袋，同時用力地左右搖頭，搖晃的力道大到不禁讓人懷疑頭會不會因此掉下來的程度。

看見她的誇張反應，士道不禁露出苦笑。算了，只要她高興，也就不枉費自己每天早上都要辛苦做菜了。

表情依然透露出緊張情緒的十香重新將便當袋拿好，然後像是要恢復冷靜般地大口深呼吸。接著……

「嗯？」

十香不自覺地睜大眼睛，轉頭看向一直待在士道身邊的少女。看來，十香直到現在才察覺到對方的存在。

「哦哦！是四糸乃呀，好久不見了！」

露出一個爽朗的笑容，十香對四糸乃如此說道。

儘管經過種種糾紛，但是十香似乎完全沒有把這些事情放在心上。

「……！」

不過，四糸乃的肩膀卻顫抖了一下，然後往後退了一步。

「加油！加油！」

「嗚……嗯……」

戴在左手上的「四糸奈」不斷發出聲援。停下腳步一會兒之後，「嘶……」四糸乃吸了一口氣然後往前跨出一步。

然後，像是表現決心般，眉毛抽動了一下。

「水……水蠅、紅色、ＡＩＵＥＯ……！」

不知為何，四糸乃大聲喊出了發音練習的詞句。

「……嗯？」

十香聽見這句話之後，疑惑地皺起眉頭，然後看向士道。

「這是……什麼意思？暗號嗎？」

「這……四糸乃？」

士道苦笑著提出疑問。「四糸奈」用力地揮舞雙手。

「啊～剛剛的不算！那只是在展現練習的成果而已！重新再來一次！」

然後，與四糸乃講了兩三句話。四糸乃輕輕點頭，再次站到十香面前。

「早……早……安……！」

用比與士道說話時更為小聲，但卻非常清晰的聲音說出這句話。

「哦哦，早安呀！」

「……！」

四糸乃再次顫抖了一下……努力留在原地沒有逃跑。

十香與四糸乃面對面一段時間，兩人陷入一片沉默。

然後，士道從右耳聽見琴里那尖銳的聲音。

「──你怎麼不說話呢，士道？四糸乃現在感到非常不安唷。替她們找些話題聊吧。」

「呃……？啊，好的……」

聽完琴里的話之後，士道往四糸乃的方向瞄了一眼。

這麼說來，與最後一次見面時相比，她看起來似乎有點改變。

「四糸乃，今天妳戴的是草帽啊。」

記得她上次戴在頭上的應該是報童帽。

今天則是看起來相當涼爽的白色草帽。

「……！……是……是的！」

四糸乃在瞬間想要躲到「四糸奈」後方，不過最後還是打消念頭，朝著士道輕輕點頭。

「令音說……因為今天很熱，那個……所以……」

「啊啊，原來如此。很適合妳唷。很可愛、很可愛。」

「…………！」

聽見士道的話，四糸乃漲紅了臉，害羞得低下頭。

看來容易害羞這一個習慣，似乎還沒有改過來呀。士道不禁露出苦笑。

「等一下，不能在這裡就結束話題唷！還沒有跟十香搭上話耶！」

「啊……是嗎——那……那個，十香也這麼認為吧？」

「嗯？」

大概是沒有料想到話題會轉到自己身上吧，十香有些驚訝地看著士道。接下來，才將視線移到四糸乃身上。

「嗯。姆，很可愛唷，四糸乃。」

「……！謝……謝謝……妳……」

四糸乃低著頭道謝之後，忽然抬起頭來看著十香。

「那…那個……十……十香也……非常…可愛……」

「嗯？妳……妳在說什麼呀……真是令人難為情呀。」

說出這句話的同時，十香搔了搔臉頰，態度並沒有表現出任何的不悅。然後，十香害羞地哈哈大笑之後，朝士道的方向瞄了一眼。不知為何，臉頰浮現一抹紅暈。

「士……士道也……這麼認為嗎？」

「欸？」

沒想到話題會再次轉回到自己身上。士道不自覺地發出錯愕的聲音。

「今天我穿的是跟上個禮拜不同的制服……你覺得如何呢？」

早上一見面時，士道就發現這件事情了。來禪高中的涼爽夏季制服，和十香非常相配。如果要問可不可愛，士道當然會點頭如搗蒜地直誇她可愛。讓人不禁對擁有夏季的日本心存感謝。

「哦，哦哦……很適合妳唷！」

「……唔，是嗎。」

十香說完後，又再次陷入一片沉默。

下一瞬間，右耳突然傳來「叮叮～」的聲響。

「嗯～不合格～」

「什……什麼啊……？」

「你居然還問『什麼啊』？你在做什麼呀，士道？訓練已經開始了唷！」

「啊……？到底是怎麼一回事？」

士道壓低聲音如此說道。然後，琴里大大地嘆了一口氣。

「我說過了吧？今天的課題是讓十香的嫉妒消失不見唷——士道，為什麼你誇獎四糸乃『好可愛』，卻沒有對十香說出這句話呢？」

「咦……？」

士道發出一聲錯愕的聲音，然後重新回想自己說過的話……這麼說來，自己確實只有說過

「很適合妳」這句話。

「不……不行嗎……？」

「當然呀。明明在自己眼前誇獎別的女孩子『很可愛』，但是卻沒有對自己說出這句話──或許連十香本人也沒有自覺，但是心情計量表的指數確實稍微下降了唷。」

「但……但是十香看起來不像是會介意──」

「我告訴你……」

琴里以勸告的語氣繼續說道：

「十香確實是精靈唷。所以有許多地方都與人類不同。但是，在這一方面，我希望你不要將十香當成特例。因為十香對於這方面的反應與普通女孩沒有差別。」

「……！」

聽完琴里的話後，士道咬緊了嘴唇。該怎麼說呢？士道突然為自己的言行感到羞愧。

儘管說出「精靈也是能過普通生活」這種話，但是從某些方面來說，自己或許還是將十香當成一種異於常人的存在吧？

他握緊拳頭，轉往十香的方向開口說道：

「十……十香！」

「哦哦……！」

似乎是因為士道突然大叫出聲，所以十香像是被嚇到般，肩膀顫抖了一下。

「什……什麼事呀，士道？」

「妳……妳也……很可愛唷！」

「什……什麼？」

十香漲紅了臉，微微挺直了身體。

雖然察覺到自己臉紅了，但是士道依舊毫不在意地繼續說道：

「啊啊～很可愛！非常可愛！超級可愛！夏季制服非常適合妳！我說的都是實話！當我看見妳從公寓走出來時，真的嚇了一大跳！一直目不轉睛地盯著妳看！那一瞬間，我根本說不出話來！就是這麼可愛唷！真的是讓人受不了的——」

然後，就在此時，十香忽然伸手摀住士道的嘴巴，阻止他再繼續說下去。

「姆……姆咕！」

「我……我知道了！你不要再講了！」

十香說完這句話之後，迅速地轉過身。

此時，士道才終於鬆了一口氣。剛剛說的全部都是沒有加油添醋的真心話……不過，也許自己說得有點過火了呀。

就在士道思考這些事情的時候，耳麥突然傳來尖銳的笑聲。

「噗……！咕咕……哈哈……啊哈哈哈哈哈哈哈哈哈哈哈！」

不需多想就能知道這是琴里的笑聲。仔細聆聽的話，還能隱隱約約聽見椅子的吱嘎聲響。似乎是在調整坐姿的樣子。

「真是說得太好了，士道。你是笨蛋嗎？」

「囉……囉唆……我自己也很清楚啦。」

額頭上的汗水閃閃發光，士道低聲說道：

「不過，我應該又惹十香生氣了吧……喂，琴里，現在該怎麼辦？」

「啊？你在說什麼？」

「呃？」

「十香的心情計量表已經急速上升了，而且停在最佳狀態了唷。她現在的心情好得不得了。你走到十香面前看看她的臉吧？應該會看到相當有趣的景象。」

「咦……？為……為什麼？」

士道提出疑問。但是琴里沒有做出回答，只是繼續說道：

「哎呀……總而言之，這次不會對你做出懲罰——好了，差不多該將四糸乃接回艦上了。士道，你們也趕快去上學吧，不然可就要遲到囉？」

然後，幾乎就在琴里說話的同時，四糸乃低頭鞠了個躬。

「我……我……在此……告辭了。請慢走……士道、十香。」

「哦！歡迎妳再來玩唷！」

「嗯──再見了。」

士道與十香輕輕揮手。四糸乃再次深深一鞠躬，然後便走向道路的另一側。

「好……那麼，我們走吧，十香。」

「嗯，好。」

士道與十香邁開步伐，走向曝曬在陽光下的柏油路上……但是……

「……十香，可以稍等一下嗎？」

從十香的背影發現到一股不協調感，士道停下了腳步。

沒錯──十香穿在身上的服裝是涼爽的夏季制服。既然如此，在正常情況下，內衣──也就是胸罩的帶子應該會隱隱約約地透出來才對。但是……

「嗯？怎麼了嗎？」

「十香……妳……有好好地……把那個……好好地穿上吧？」

「穿什麼？」

「……胸……胸罩！」

猶豫不決地說出這個單字。但是十香卻一臉疑惑地歪了歪頭。

「胸罩？那是什麼？」

「…………！」

士道屏住呼吸，然後從背後將十香推回到公寓裡。

「怎……怎麼了嘛，士道！」

「妳還問怎麼了！難……難道妳以前都沒有穿嗎？」

「所以到底是要穿什麼嘛！」

「…………！」

咚咚！士道敲擊耳麥。沒多久便聽見琴里的聲音。

「哎呀。其實我們有準備啦……但是她似乎不懂那個的用途呀。」

「這不是說一句『哎呀』就可以解決的問題啊！穿冬季制服時還無所謂，但是這副打扮怎麼可以不穿胸罩呢……！」

「說得也是。東西應該就放在十香的衣櫥最上方，乾脆由你直接教她怎麼穿吧？」

「我……我嗎……！」

「不然還有其他人選嗎？好了，如果動作再不快點，你們就要遲到了唷。」

「……啊啊，可惡……！」

士道下定決心後，重新面向十香。

「十香，帶我去妳的房間吧……！」

「嗯……？啊啊，可以是可以啦……」

於是一臉困惑的十香便帶領著士道，前往自己房間。或許是為了以防萬一吧？士道他們必須穿越三道猶如銀行金庫般的防護牆，才能抵達房間……這棟公寓的內部生活空間，或許並沒有外表看起來那麼寬敞也說不一定。

「就是這裡。」

說完這句話後，十香打開門。內部構造看起來與普通公寓沒有什麼差別。

士道關上門，站在玄關，然後用手指向走廊深處。

「很……很好，接下來，將放在衣櫥最上方的東西拿過來。」

「嗯……？我……我知道了。」

儘管感到疑惑不解，不過十香還是脫下鞋子，然後依循士道的指示，隨意地抓了一件淡粉紅色的胸罩並且將它拿過來。

「這樣可以嗎？」

「可……可以……」

幾乎不曾有過正眼看同年齡女孩子內衣的經驗。士道紅著臉向十香招招手。

「聽……聽好了，十香。就是呀……」

儘管不會有第三者聽見他們的對話，但是士道還是難為情地壓低聲音說話。

聽見士道小聲地在耳邊告訴自己有關胸罩的用途與穿法之後，十香變得滿臉通紅。

「什……！你你你你在說什麼呀！士道！」

「囉……囉唆！我也覺得很難為情呀！」

士道說完後，十香將原本拿在手上的胸罩高高舉起並且認真端詳。

「將這個……直接穿在胸部上……？」

「啊啊，沒錯。」

「姆……姆嗚……一定得穿嗎？」

「……一定要穿。不然……會有問題的。」

「會……會發生什麼問題呢？」

「現……現在或許還不會出現問題，但是一旦被雨淋濕了……那個，就是……」

十香愣了一會兒才理解士道所說的意思，原本微微泛紅的臉頰因此變得更紅了。如果是漫畫的話，一定會從耳朵冒出煙來吧。

「你……你在想什麼呀！」

十香大叫出聲，用雙手遮住胸口。

「所以我才叫妳要穿上呀！」

士道如此說道。「……唔。」十香低聲呢喃，然後再次看著胸罩……
「我……我知道了。我試試看……！」
十香面紅耳赤地點點頭，然後啪嗒啪嗒地朝著走廊奔跑而去。
「哈啊……真是好險。」
呼！士道放心地嘆了一口氣。
——但是，過了數分鐘後。十香紅著臉，從走廊深處探出頭來。
「士……士道……可以問你一件事情嗎？」
十香說話的同時，搖搖晃晃地走過來。不知為何，她將脫下來的襯衫前後相反地穿在身上。
「十香……？妳……妳怎麼穿成這樣？」
「這……這個東西該怎麼扣上呢……？」
「啊……」
聽見這句話，士道就理解了事情的來龍去脈。
畢竟十香是第一次穿胸罩，所以要獨自一人將扣子扣起來確實是有難度。
就在士道沉思之際——
「你在煩惱什麼？幫她扣上就好了呀。」
琴里的語氣中透露出不耐煩，士道的臉頰因此抽動了一下。

雖然很想回嘴……但是士道卻想不出比這個提議更好的方法。士道咕嚕一聲，吞了一口口水，然後張開顫抖的嘴唇說道：

「我……我幫妳扣上吧，向後轉。」

「什……！」

十香瞪大了眼睛，但是她似乎也想不出更好的方法。猶豫了一會兒之後，十香才背對著士道慢慢轉過身去。

從沒扣上的襯衫縫隙間，可以窺見十香那美豔的背部。士道不自覺地嚥了嚥口水。

「不……不准偷看唷……」

十香害羞地別過臉，緊緊地抓住自己的肩膀，深怕一個不小心就會讓襯衫滑落地面。此時士道才回過神來，搖了搖頭。

「交……交給我吧……」

臉頰布滿汗水，士道一邊唸著「這是不可抵抗的因素、這是不可抵抗的因素」，一邊用顫抖的手指將扣子扣上。

……以後一定要換成前扣式內衣——士道在心中暗自下定了決心。

「唔……總覺得很不舒服耶。」

「……忍耐點。就是得這樣穿才行。」

「唔……嗯。」

十香似乎相當不習慣，不斷來回轉動身體。士道以手扶住餘熱未退的額頭，嘆了一口氣。

接下來，兩人邊聊天邊走了十分鐘左右的路程。就在此時……

走到三叉路的士道與十香，聽見了某個人朝向這裡跑過來的腳步聲。

「嗯？」

士道的眉毛抽動了一下，往聲音來源的方向看過去。但是為時已晚。

一名在左方現身，看似高中生的少女，嘴裡叼著吐司……

「要遲到了、要遲到了～！」

同時說出即使在最近的少女漫畫中都不會出現的台詞，並且以驚人的速度奔跑在馬路上。順帶一提，雖然少女的嘴裡叼著吐司，但是發音卻非常清晰。

「什……！」

儘管士道在第一時間想要做出閃避的動作，不過最後還是來不及躲開。他被那名少女撞倒，當場摔了個四腳朝天。

「啊……痛痛痛！」

「你沒……沒事吧，士道！」

十香當場蹲下來，擔心地問道。

「哦，我沒事……」

士道拍拍屁股站起身來，往用力撞向自己的少女的方向看過去。連身為男性的士道都被撞得倒在地上，對於女孩子來說，應該會更加承受不了這股強烈衝擊力吧。

「好～痛～！」

不出所料，少女在距離自己不遠的地方，發出了這樣的叫聲。但是——

「什麼……！」

士道羞紅了臉，肩膀也顫抖了一下。

這也難怪。因為少女倒臥在馬路上，裙子完全敞開，因此士道可以清清楚楚地看見對方的內褲。

……應該說，看起來簡直就像是跌倒之後，再刻意將自己的裙子掀起來似的。

「——呀！」

但是，士道的懷疑卻在聽見少女叫聲的同時消失不見。

少女慌慌張張地遮住內褲，紅著臉看向士道。

「你……你看見了吧！」

「不，不是……那個……」

就在士道不知該如何回答而感到窘困的時候，少女慢慢地站起身，朝著士道的方向走過來。

「居然被男人看光光了……我嫁不出去了。」

「啊……？不，怎麼會呢？」

此時，少女突然將身體緊靠在士道的身上。

「咿咿……！」

「什——！」

士道以及十香都驚訝到說不出話來。

但是，少女卻滿不在乎地用手在士道胸口輕輕畫圈，同時說道：

「你會……負起責任吧？」

「咦？不，就算妳這麼說……」

士道臉上不停冒汗，朝著上方挪開了視線。啊啊，好熱。天氣好熱，身體也好熱。

「還……還不快點分開，你們兩人！」

然後，就在十香打算緊緊抓住肩膀的同時，少女動作敏捷地轉過身，從士道身上離開了。

「你要好好思考唷！關於我們的……將．來！」

少女如此說完後，不知為何又往當初跑過來的方向走了回去。

十香呆呆地凝視她離去的背影，然後發出「嗚～」一聲，噘起嘴唇看向士道。

「怎……怎麼了……十香？」

「……不，沒事。」

十香別過臉，徑自往學校的方向走過去。

「等……喂，十香——」

此時，戴在右耳的耳麥傳來「叮叮～」的音效。

「士道，出局～」

「啊……？」

士道皺起眉頭，接下來耳邊再次響起琴里無奈的聲音。

「你在做什麼呀，士道？你這樣不行啦。十香又開始鬧彆扭了啦。」

聽見這句話後，士道才終於理解了狀況。

「難……難道剛剛那個女孩子……是〈拉塔托斯克〉的……？」

「沒錯。是我們的特務人員唷。怎麼了，難道你還暗自竊喜嗎？」

「…………嗚哇啊！」

士道臉頰抽搐了一下，胡亂搔了搔頭髮。

「啊啊～為什麼你就是無法果斷一點呢？或是做出一些補救措施呀。」

「補……補救？」

「沒錯。溫柔地抱住肩膀，然後在她的耳邊輕聲呢喃：『不要再鬧彆扭了。除了妳之外，我的眼裡根本容不下其他女人……』」

「怎麼可能做出那種事情……！話說回來，那麼做真的能夠取悅十香嗎？」

「哼哼～說不定效果會意外地好唷。你忘記剛剛的事情了嗎？因為每個女孩子都希望對方能向自己表白心意呀。」

「嗚……！」

「喂、喂，你怎麼呆站在原地？十香已經走遠囉！」

「啊……！」

肩膀一震，士道看向前方。但是已經看不到十香的身影了。

「糟糕……」

他慌慌張張地追了過去。出乎意料之外的，沒多久便發現了十香的身影。

十香微微鼓起臉頰，彷彿像是躲藏在轉角般地佇立在前方。

「十……十香……」

「……嗯。走吧，士道。」

似乎是特地停下來等待士道。不過，語氣中依然充滿不悅。

「哦，好……」

士道簡短地回答後，拚命在腦中思考對策。

嚥了一口口水，下定決心，慢慢地將手環上十香的肩膀……原本打算這麼做的，不過最後還是沒有勇氣付諸實行。

輕輕拍了拍肩膀，讓十香轉頭過來面對自己。然後……

「不……不不……不要再鬧彆扭了。除……除了妳之外，我的眼裡根本容不下其他女人……」

死馬當活馬醫。士道決定依照指示說出這段台詞。

「……！」

就在士道說完話的瞬間，十香瞪大眼睛。

「你……你你你你在胡說些什麼呀，士道……！」

「不，沒事……抱……抱歉，請妳忘了吧……！」

看見十香的反應，士道突然覺得相當難為情。於是曖昧地揮舞雙手掩飾尷尬。

「唔……嗯。」

十香低聲嘟囔了幾聲後，再次邁開步伐。

……不知為何，腳步比起先前似乎變得更加輕快了。

從五河家步行到來禪高中，大約需要費時三十分鐘左右。

士道平常總是在八點左右抵達學校——但是今天要等十香上學，而且還遭遇到許多事情，所以稍微有點遲到了。

設置在校舍外牆的時鐘指針指向八點二十分的位置。距離早上的班會時間還剩下十分鐘。

「……嗚啊，我們動作得加快了。」

「嗯，沒錯。」

說完後，兩人從出入口走進校舍。就在此時……

「五河學長！」

士道被一名看似在出入口等人的一年級女學生叫住。

「咦……是在叫我嗎？」

「是的……！」

少女露出害羞的表情，忸忸怩怩地將一封看似信件的東西遞給士道。

「我從很久以前開始——就喜歡上學長了！請你……讀一下這封信吧！」

「啊……什麼？」

士道瞪大眼睛凝視著少女遞出的信件。那是以愛心貼紙封黏起來的信紙。一封非常正統的情書。

「情……情書……！」

全身顫抖了一下，士道往後退了一步。

……但，士道立即察覺到異樣。不可能會接二連三地發生這種事。她應該也是〈拉塔托斯克〉的人吧。如果不果斷地回絕對方，一定會像剛剛那樣聽見警報聲，然後被迫接受懲罰遊戲吧。

士道嚥了口口水，打算毅然決然地收下情書並且狠下心來將它撕毀——但是，看見少女的溼潤眼睛後，士道卻不自覺地停止動作……即使知道對方是特務人員，依然會覺得良心不安。

士道將情書還給少女，然後搖了搖頭。

「抱……抱歉。我無法回應妳的感情……」

士道說完後，少女露出泫然欲泣的表情。

「是……是嗎。突然做出這種事情，真是對不起……！」

少女迅速地轉過身，就這樣往走廊深處跑走了。

然後，就在這個時候，右耳傳來琴里的聲音。

「哎呀、哎呀，真是可惜。」

「哼，那種破綻百出的圈套，怎麼可能騙得了我呢？」

「……我的確有安排情書事件，不過我們還沒有開始行動唷！」

「咦……？」

士道的臉頰抽動了一下。

於是，士道尷尬地從轉角處探出頭，看見了另一名女學生。與剛剛的少女一樣，手上也拿著一封情書。

「她……她是……」

「她是我們的特務人員。」

「……那……那麼，剛剛那名女孩子是？」

「學妹送情書給自己呀。你居然放棄這個一生中都不一定能體驗到的好機會。自斬桃花，真是辛苦你了。」

「…………」

士道沉默不語地挪開視線。……咦？這是怎麼回事？我不明白耶！

「哎，不過你沒有在十香面前接受別人的告白，確實是正確的作法。所以就算你過關吧。」

「……是……是嗎。」

士道以依然呆滯的語氣如此說道。

「剛剛的女生怎麼了，士道？」

背後傳來十香的聲音，語氣充滿疑惑。士道慌慌張張地搖搖頭：

「不……沒……沒什麼！」

然後，就在同時，再次傳來琴里的聲音。

「不過，如此一來，今天就沒有任何懲罰了。真是可惜～」

「……如果失敗的話，妳本來打算要做什麼？」

「嗯？我只會將以前士道初次抹上髮蠟，相當講究角度，露出『我這樣看起來還滿帥的嘛』的表情所拍攝出來的照片，撒在大街小巷而已！」

「一點都不好笑！」

「好了，我們班會也差不多快開始了，我也得去上學了。那麼，你要記取今天的教訓唷！」

以這句話為結尾，琴里切斷了通訊。

「真是的……」

士道嘆了口氣，與十香一起走在走廊上。

打開門走進教室，正在黑板塗鴉的同班同學——殿町宏人往士道的方向看過來。

「啊？什麼嘛！我還想你今天怎麼會這麼晚到，原來是跟十香在一起呀。嗚哇～嗚哇～」

殿町一邊繃著臉說話，一邊用拿在手上的粉筆在黑板上畫出情人傘。當然，雨傘下方的名字分別是「五河」以及「夜刀神」。

「你是小學生嗎……」

哈哈……士道臉上浮現尷尬的笑容。

但是，十香卻一臉困惑地交互看向士道與殿町。

「唔……唔嗯，不能一起來上學嗎……？我都不知道呢……」

殿町焦急地擦掉塗鴉之後，慌慌張張地揮手。

「不，不是！沒有這回事唷，十香！這應該算是一種老規矩，或者該說是一種希望現充爆炸的嫉妒情緒呢～」

聽見殿町的說明，十香露出目瞪口呆的神情。

「現充？那是什麼？」

「啊～就是像五河這種受女孩子歡迎的Fucking Nice Guy啦！」

「喂……」

士道瞇起眼睛瞪視著殿町。但是，殿町卻毫不在意，反而齜牙咧嘴地發出「咿！」的聲音。

「唔，原來如此。但是……真是傷腦筋呀。如果士道爆炸的話，我應該會……非常哀傷。沒有其他方法嗎……」

沒有一絲絲嘲弄或開玩笑的語氣，十香真摯地說道。

看見她那純真眼神的殿町……

「可……可惡啊啊啊啊啊！」

忍不住大叫出聲，然後往走廊的方向跑過去。

「殿……殿町怎麼了？」

「哎……該怎麼說呢？總之妳別在意。過一會兒他就會自己回來了。」

士道說完後，便走向自己的位置（從窗邊數來的第二排）。

往自己位置的左側瞄了一眼。如同往常般，有名美麗的少女正坐在那裡。

白皙的肌膚、看似洋娃娃的容貌。散發出不屬於這個俗世的氛圍，一名不可思議的少女。

「早……早安呀……鳶——」

「…………」

感受到一股沉重的壓力。

「——折……折紙。」

「早安，士道。」

趕緊在千鈞一髮之際改口。少女——鳶一折紙輕輕點頭，做出回應。

如同往常般地打招呼。但是，今天的對話卻沒有就此結束。

折紙越過士道肩頭確認十香的身影後，露出銳利的視線。

「你們一起上學？」

「咦？啊……對……沒……沒錯。」

紙。

「是嗎。」

表情以及語氣並沒有明顯改變。但是不知為何，士道卻感受到身邊充斥著一股壓迫感。

「……嗯？」

看不出來是否有察覺到異樣的十香，將書包與便當袋放到士道的右側位置之後，轉頭面向折紙。

「怎麼了，有事嗎？」

「沒事。」

「……哼。」

沒有隱藏自己的不悅，十香從鼻間哼了一聲。

沒錯，基本上，十香總能和顏悅色地與其他人相處……除了這名少女以外。

哎，不過這也是沒有辦法的事情。

因為折紙是隸屬於陸上自衛隊的ＡＳＴ——也就是以「使用武力殲滅像十香這樣的精靈」為目標的部隊之其中一員。

事實上，一直到士道封印十香的能力之前，兩人之間曾經相當認真地展開過無數次廝殺。

再者，折紙似乎擁有雙親被精靈殺害的痛心回憶，所以對精靈懷有非比尋常的憎恨與敵意。

所以兩人會相處得如此不融洽也是理所當然的。

——然後，就在此時，廣播器傳來上課的鐘聲。

「……！喂、喂，班會時間開始了！十香，快點回到位置上坐好。聽懂了嗎！」

「姆？唔……嗯嗯……」

十香乖乖地坐回到自己的位置上。

士道在心中感謝上天賜予的援助，同時坐到椅子上。

原本分散在四周的同學們也一一就座。順帶一提，殿町也趁大家不注意時，從教室後方的出入口悄悄地回到教室了。意外守規矩的男人。

過沒多久，教室的門被打開，一名戴著眼鏡、頭髮微卷的嬌小女性走進教室。

雖然模樣看起來很像學生，但是這名女性可是貨真價實的社會科教師——岡峰珠惠，二十九歲（暱稱小珠老師）。

「各位同學，大家早安。」

與往常一樣溫柔地向每位同學打招呼。就在小珠老師正打算翻開點名簿的時候——突然停下了動作。

「啊，不對。今天有件事情要跟大家宣布。」

說完後，以賣關子的眼神環顧開始產生騷動的教室。

「哼哼，就是呀，有名轉學生轉學到我們班上囉！」

擺好姿勢以後，小珠老師大聲說道。然後，「哦哦哦哦哦哦哦哦哦哦哦！」教室立刻響起一陣撼天震地的吶喊聲。

哎，這也難怪。因為在學校生活中，班上有轉學生可以算是大事情啊。事實上，當十香轉到這個班級時，大家的反應也是非常興奮。

「……嗯？」

此時，士道歪了歪頭。

心中浮現一個疑問——明明兩個月前，十香才剛剛（靠著人為操縱）轉學過來而已，為什麼又會有轉學生轉來這個班上？與其他班級相比，這個班的人數並沒有比較少呀……

「好了，進來吧～」

士道的思緒，隨即被小珠老師那聽起來總是慢吞吞的聲音給打斷。

門緩緩地被打開，轉學生走進教室。

瞬間——教室一片鴉雀無聲。

從門後現身的，是一名少女。在如此炎熱的天氣裡，少女卻整整齊齊地穿著冬季制服的西裝外套，腳上還穿著黑色絲襪。

猶如影子般漆黑的頭髮。長長的瀏海蓋住臉的左半邊，只露出右眼。

即使如此，還是能明顯看出那名少女擁有不輸給十香——具備超乎常人美貌的精靈——的妖豔魅力。

咕嚕！每人吞嚥口水的聲音，震動士道的鼓膜。

「好了，那麼請妳自我介紹一下吧。」

「好的。」

在小珠老師的催促之下，少女優雅地點點頭，拿起粉筆。

然後，在黑板上以美麗的字跡寫下「時崎狂三」這個名字。

「我的名字叫作時崎狂三。」

然後，少女以嘹亮的聲音繼續說道：

「我是精靈唷。」

「……！」

聽見了這句話之後，

士道突然感受到心臟被人大力揪住的錯覺。

在一片嘩然的學生之中，只有十香與折紙表現出與士道相同的反應。

似乎是察覺到了這一點，一瞬間，狂三看往士道的方向並且露出微笑。

「……！」

「那……那個……很好！非常有個性的自我介紹！」

或許是察覺到狂三的話已經說完了，於是「啪！」一聲，小珠老師拍了一下手以示結束。

「那麼，時崎同學，請妳選一個空位坐下來吧。」

「好的。不過，在那之前，可以拜託您一件事情嗎？」

「嗯？什麼事情？」

小珠老師如此說道。然後，狂三豎起一根手指抵在下巴。

「我才剛剛轉學過來，所以對於這所學校的事情可以說是完全不熟悉。即使是放學時間也可以，我希望有人能帶領我參觀學校。」

「啊，是嗎。說得也是吶……那麼，班長——」

但是，老師的話才說到一半，狂三便往前邁開步伐走到士道座位的正前方。

「喂——能拜託你這件事情嗎，士道？」

「咦……？」

面對這個意料之外的發展，士道面露驚訝神情，並且發出錯愕的聲音。

「我……我嗎……？話說回來，妳怎麼知道我的名字——」

「你不方便嗎……？」

狂三的臉上浮現相當哀傷，彷彿被拒絕的話就會立即哭出來的表情。

「不，沒有，我不是這個意思……」

「那就這麼決定囉！請多多指教唷，士道。」

狂三露出一抹微笑，然後在露出驚訝神情的同學們的視線之中，踏著輕快步伐走向指定的座位。

第二章　誘惑、精靈

早晨的班會時間結束，在小珠老師離開教室之後，士道將手伸進口袋裡取出手機，然後撥電話給琴里。

鈴聲響了一段時間之後，從話筒傳來琴里有些遲疑的聲音。

「喂～哥哥？」

與先前語帶諷刺的語氣完全不同，聽起來像是帶點漫不經心的說話方式。不是司令官模式，而是平時的琴里。

「哦，是琴里呀。」

「真是的～為什麼要在這個時間打電話過來呢？如果手機再早個十秒響起來的話，就會被老師沒收了耶～」

「到了學校本來就該乖乖地將手機設成靜音模式！」

「人家今天忘記了嘛～」

琴里如此說道，語氣中透露著不滿。

「所以，發生什麼事情了？」

「啊啊，對了。事實上呀……」

士道一邊說話，一邊往狂三的方向看過去。

「我是精靈唷。」即使在自我介紹時說出這種非比尋常的怪異發言，但是狂三的座位周圍依舊聚集了許多人，並且不斷地向狂三提出各式各樣的問題。而且不僅僅只有四班的學生，連其他班級的學生也都為了一睹這位傳言中的美少女，紛紛朝這裡聚集而來。與十香轉學過來的第一天盛況非常相像。

然後，不經意地與狂三四目相接。此時，狂三面對這裡微微一笑，讓士道漲紅了臉並且屏住呼吸。

「哥哥？」

「啊……啊啊……今天有一名轉學生轉到我們班上……那傢伙啊，說了一句話。」

「什麼話？」

「她說……『我是精靈』。」

「…………」

士道說出這句話的瞬間，琴里陷入沉默。

取而代之的，話筒的另一側響起布料摩擦的聲音。沒錯——簡直就像是在更換綁頭髮的緞帶

似的。

「——說清楚一點。」

琴里以跟剛剛相比完全不同的語氣繼續說道。

「就算妳要我說清楚點……但是我剛剛就已經說完囉。轉學生在自我介紹時，說了一句『我是精靈。』……雖然沒有明確的證據，但她似乎是刻意對我說的。」

「會不會是你的錯覺呢？」

「…………」

「好吧。居然會知道『精靈』這個名詞，這件事情確實有可疑之處。我會試著調查清楚。」

「哦哦……拜託妳了。」

就在士道說完這句話並且掛上電話的瞬間，宣告第一堂課開始的鐘聲響起。

◇

天宮駐防基地內一角。統整「南關東圈全區域靈波情報」的觀測室中。

「……怎麼會這樣！」

AST隊長——日下部燎子，皺起眉頭大聲嘟囔。

「確定正確無誤嗎？」

將視線落在正在操作中央控制台的男人——蘆村中士。然後，臉頰布滿汗珠的蘆村朝著自己點了點頭。

「很抱歉。這個觀測機的精準度是全國最高的。」

「……說得也是。」

視線重新回到呈現在畫面上的數據，在確認自己的理解沒有錯誤之後，燎子將疑惑轉換成嘆息，然後彷彿要將其驅離般地深深嘆了口氣。

顯示在畫面上的是某個人的掃描數據。

不——以「人」來稱呼，似乎有其不當之處。

因為那個數據顯示，對方可是摧毀世界的災難。

「……精靈轉學到高中？真是讓人笑不出來的天大笑話啊。」

沒錯。今天早上九點，基地接到來自於折紙的聯絡。

因為有一名自稱精靈的少女轉學到自己就讀的班級，所以向基地提出確認身分的要求。

於是在半信半疑的情況下，對那名少女進行了全身掃描——

燎子用手擦了擦額頭，衣袖因此被汗水濡濕。空調應該沒有異常，但是皮膚卻冒出一層冷汗。

但是，這也是理所當然的。因為轉學到高中這件事情，代表著對方必須擁有戶籍、住民票，以及其他各式各樣的文件。

只需要一根手指頭就能破壞街道的危險生物，居然可以避開我方的觀測並現身於這個世界，而且還擁有理解及運用人類社會結構的相關知識。燎子會因此感到毛骨悚然也是理所當然。

「隊長？您沒有事唄？」

然後，背後突然響起以奇怪敬語說話的聲音。

會使用這種說話方式的隊員只有一位。往後方瞄了一眼，果然看見真那站在那裡。

「……嗯？」

真那看向畫面，一臉厭惡地皺起眉頭。

「——這是……原來如此。果然出現了呀，〈夢魘(Nightmare)〉。」

「〈夢魘〉……？」

燎子驚訝地問道。然後，真那皺起眉頭，一臉厭惡地嘆了口氣。

「識別名〈夢魘〉——我追尋已久的，最邪惡的精靈。」

「最邪惡的……精靈？」

燎子以顫抖的聲音，將那個恐怖的字詞重複一次。「沒錯。」真那點了點頭。

「直到現在，至少已經造成一萬人以上死亡的精靈。如果再加上無法確定身分的被害者，其人數將會變得更多吧。」

「一……一萬人……！怎……怎麼可能？沒有發布避難命令嗎？還是說，是因為發生了大規模的空間震──」

「不對～」

真那發出鬱悶的聲音，打斷燎子的發言。

「〈夢魘〉所引起的空間震規模只有標準程度的等級。雖然還是有人因此死亡，不過人數並沒有超過一百人。」

「那……那麼為什麼……」

「理由相當單純──她親手殺死了超過一萬名以上的人類。」

「…………！」

屏住呼吸。

當〈公主〉(Princess)與〈隱居者〉出現在天宮市的時候，她們所引發的空間震雖然造成相當嚴重的災情，但是本身並不會主動襲擊人類。

不過──如果輕而易舉就能劈開大地的怪物，會依據自己的意志殺害人類的話……

身為ＡＳＴ隊員的燎子，很容易就能想像到那會是多麼恐怖的一件事情。

「──好了，該開始做準備了。」

「咦？」

真那輕輕伸了個懶腰，同時如此說道。燎子發出一聲錯愕的聲音。

「精靈現身了。除了殲滅以外，別無他法。」

「妳說得對……但是，市民都還沒開始避難耶，在這種情況下，到底──」

「不用擔心，交給我吧──因為處理那個可是我的專長。」

「啊，等……等一下！」

燎子用力抓住打算匆忙離去的真那的手臂。

「怎麼了咧？我們應該儘快採取行動吧？」

「……首先，先給我解釋清楚。隊長是我才對。我不允許妳擅自行動。」

「…………」

真那不發一語地沉思了一會兒，然後輕輕舉起手。

「是的，遵命。」

不過，沒多久卻又以評估的眼神看著燎子。

「但是，請妳千萬別忘了。我可是奉『公司』之命調派過來的人員。如果有必要，我可以在擁有陸幕長的許可之下採取行動。」

「……我明白了。」

燎子露出不悅的神情，放開了真那的手。

◇

裝置在黑板上的時鐘，時針指著三點的方向。

熟悉的放學前班會情景映入士道的眼簾。在鐘聲響起的同時進入教室的小珠老師在講台上翻開點名簿，向每位同學交代聯絡事項。

平淡無奇的光景。但是，士道現在卻飽受一股異常緊張感的折磨。

因為……

「……！」

狂三趁老師不注意時將視線投往士道的方向，並且輕輕地揮了揮手。

「呃……」

如果不做出一點回應的話似乎有點失禮，所以士道只好一邊苦笑一邊揮手。

「…………」

然後，坐在士道兩旁的十香與折紙，相當嚴肅地以如果長時間被盯著看的話，彷彿會產生皮膚病變般的凌厲眼神看著士道。

件。所以請各位同學盡量結伴同行，並且趕快在天黑前回家唷。」

「以上就是今天的聯絡事項了——啊，還有一件事。最近這附近似乎頻頻發生多起失蹤事

就在士道懷抱著絕望心情嘆了一口氣的同時，小珠老師闔上點名簿。

「……怎……怎麼辦呢？」

「……嗯？」

聽見小珠老師說出這段很像是在告誡小學生的話之後，士道稍稍揚起眉毛。

這麼說來，早上的晨間新聞似乎也報導了相似的事件。因為提及天宮市的名稱，所以稍微引起了士道的注意。

士道自己倒還無所謂，不過得提醒琴里多多注意安全才行……但是如果對象是那位妹妹大人的話，比較有可能是自己杞人憂天吧。

就在士道思索這些事情的時候，傳來起立的口號聲。他遵從指令從椅子上站起來行禮。小珠老師說完：「好，那麼各位同學，再見了。」之後，便離開教室了。

周圍響起從座位上站起來的喀噠喀噠聲，以及學生們的談笑聲。

放學時間。但是——士道卻還有事情要處理。

士道從口袋中取出小型耳麥，然後配戴在右耳上。

很快地，一陣尖銳的聲音立刻傳進耳裡。

了。

「——時間到了。準備好了嗎，士道？」

聽起來稚嫩卻又相當具有威嚴的聲音。這是士道的妹妹——五河琴里的司令官模式。

雖然看不見，不過待在艦橋的〈拉塔托斯克〉精英們，應該已經做好攻略精靈的萬全準備了。

「沒想到她真的是精靈呀。老實說，我原本還以為是士道在胡說八道呢。」

「……喂。」

聽見琴里以嗤之以鼻的口氣所說出的話之後，士道瞇起眼睛。

但是，也難怪琴里會有這種想法。事實上，連士道本身都半信半疑了。精靈居然會以轉學生的身分出現在這個世界。

拜託琴里對狂三進行觀測的結果，已經在午休時就傳送到士道的手機了。

結論是——狂三真的是精靈。

「——哎呀，不過這樣也好。對方都主動提出邀請了。只要沒有發布警報，AST就不會出來攪局。這不正是我們所冀望的情況嗎？趁現在提昇好感度，讓她迷戀上你吧。」

「……嗯，說得……也是吶。」

士道含糊不清地說道，然後搔了搔臉頰。

琴里說得沒錯。但是，或許是因為還無法掌握狂三的真正目的，所以士道一直覺得有股不祥

的預感縈繞在心頭。

「什麼嘛，居然回答得這麼窩囊。難道你又想說一些討厭與精靈親吻的抱怨嗎？」

「……才……才……才沒有這回事……不……不對，其實也不算是完全的心甘情願……」

「不管怎樣都無所謂啦，不過已經沒有多少時間可以再繼續閒談了唷。」

「呃？」

就在士道發出錯愕聲音的同時，有人輕輕拍了拍自己的肩膀。

「士道、士道。」

「嗚哇……！」

被這突然發生的情況嚇到，士道不自覺地大叫出聲。

「對不起，嚇到你了嗎？」

站在眼前的少女——狂三一臉過意不去地道歉。

「時……時崎……」

「呵呵，你可以叫我狂三唷。」

「啊，好……那麼，狂三。」

士道如此說道。狂三相當高興地露出一個微笑，然後繼續說道：

「你能帶我參觀學校嗎？拜託你了。」

「好……好的。」

為了壓抑突然急速跳動的心臟，士道將手按在胸口，同時點了點頭。

……猶如人工雕琢出來的美麗容貌。散發出高貴氣質的態度。優雅的言行舉止。這些因素穿透了士道的感覺器官，讓士道因此對她留下強烈的印象。

簡直就像是眼球與腦袋擅自將除了狂三以外的物質斷定為雜質般的感覺。勝過富有人家的千金大小姐，即使說她是某個國度的公主，應該也不會有人起疑吧——

「咳咳！」

「……！」

在一陣不自然的假咳嗽之中，士道回過神來。定眼一看，十香正抱起雙臂瞪視著這裡。

「那……那個……」

自己剛剛應該看得相當入迷吧？士道像是在狡辯般地如此說道。

「好了！趕緊出發吧！呵呵，我好期待呀。」

但是，士道的話還沒說完，狂三便率先踩著輕快的步伐往走廊走去。

「啊……喂、喂！」

「呵呵，士道也快點跟上來吧。」

「——士道，現在要以狂三為優先唷。趕快追上去。十香的精神狀態尚未達到危險區域。只

要在回家時買個黃豆粉麵包給她，應該就能安撫她的情緒了。」

此時，琴里的聲音傳進右耳。

往右手邊瞄了一眼，十香滿臉不悅的模樣映入眼簾……但是，這也是沒辦法的事情。士道留下一句「抱歉！」之後，便追在狂三後頭來到走廊。

「那麼，你要從哪裡開始介紹呢？」

在距離教室不遠處等待士道的狂三，微微歪著頭如此說道。

「啊…啊啊……這個嘛……」

就在士道尚在思考的同時，琴里的聲音突然傳進右耳。

天宮市上空一千五百公尺處。

祕密組織〈拉塔托斯克〉所擁有的空中艦艇〈佛拉克西納斯〉，正飄浮在此處。

在不定期現界之際會破壞世界的危險生命體——「精靈」。

一群背負著讓精靈害羞臉紅以至於喪失戰鬥能力，這種可笑卻艱難的任務的特務人員們，如今正在執行作戰計畫。

位在〈佛拉克西納斯〉中心位置的艦橋中，包含身為司令官的琴里在內，總共聚集了三十名特務人員。每個人都待在自己的工作崗位，以熟練的手勢操控中央控制台。

「好感度，四十五・五。沒有變化。」

「精神狀態，均為綠色，呈現穩定狀態。」

「靈波一五〇・〇。與先前的靈波相比，減少了三・四。數據落在容許範圍內。」

「——嗯，總而言之，一切狀況皆為良好呀。」

琴里向後仰坐在位於〈佛拉克西納斯〉艦橋中心位置的艦長席上，一邊在嘴裡轉動著櫻桃口味的加倍佳棒棒糖，一邊開口說話。

綁在頭髮上的緞帶顏色是黑色的；披在肩膀上的軍服為深紅色。無論怎麼看，都很像是深受電影影響而做出角色扮演打扮的小女孩。

但是，看起來不適合出現在艦橋這種地方的少女，卻以近乎睥睨的眼神看了位於艦橋下方的部下們一眼，接著才從容不迫地將視線轉到主螢幕上。

巨大的主螢幕上，播放著那位關鍵精靈——時崎狂三的特寫畫面。

然後，畫面的角落顯示著各式各樣的參數，下方的視窗則同步播放著透過〈佛拉克西納斯〉的ＡＩ所即時製作出來的台詞字幕。

沒錯，整體看起來就像是美少女遊戲的畫面。

然後，畫面中的狂三歪著頭，輕啟惹人憐愛的雙唇。

「那麼，你要從哪裡開始介紹呢？」

「啊…啊啊……這個嘛……」

接下來，揚聲器傳來士道的聲音。

無須懷疑就可以清楚地聽出來。那是突然被人詢問要去哪裡而感到困惑的聲音。琴里嘆了一口氣，按下通話鍵之後靠近麥克風說道：

「士道，等一等。我們需要研究一下。」

就在琴里說完話的瞬間，主螢幕跳出了一個新視窗。

那是士道兩人目前的所在地──來禪高中的示意圖。上頭顯示了每間教室以及設備的名稱，而且還以紅點標示出士道與狂三的所在位置。順帶一提，畫面上同時顯現了根據所在位置的距離以及動線進行分析之後，所得到的數種不同的校園散步路線。

最先前往的場所分別是──

①**屋頂**。

②**保健室**。

③**餐廳、合作社**。

這三個地點其中之一。

「──這是個好機會吶。」

從琴里所坐的艦長席後方，傳來某個人的說話聲。

往後方瞄了一眼，看見一名瘦瘦高高的青年用手抵住下巴站立在那裡。他是〈佛拉克西納斯〉的副司令——神無月恭平。

「將參觀地點的順序交由我方判斷，真是太好了。要是順序組合得當，應該可以營造出對我方有利的局面。」

「哎，確實如此。全體人員，開始選擇！五秒以內完成！」

琴里的話才剛說完，手邊的小型螢幕立即顯示出投票結果。

看完選項的詳細內容後，琴里舔了舔嘴唇。

「唔，得票數最高的是屋頂呀。」

「那是理所當然的呀。提到屋頂，那個地方可是校園中最具青春氛圍的場所！寬敞的空間，搭配最美麗的景色！除此之外別無選擇！」

琴里的低聲呢喃，位於艦橋下方的〈穿越次元者〉中津川立刻大聲地如此說道。

「但是……在正常情況下，一般高中是不允許學生進入屋頂的唷，因為會有危險。」

不過，坐在隔壁的〈保護觀察處分〉箕輪一邊用手抵住下巴，一邊如此說道。

「呃……是……是這樣嗎……？」

說話途中，中津川的音量越變越小。琴里輕輕咳了一聲說道：

「沒有問題。我已經派出數名特務人員潛藏在學校之中，所以一定可以在士道與狂三抵達之

前，將上鎖的門打開來。」

「說……說得也是！既然如此，那麼果然應該選屋頂——」

「等一下！」

此時，待在右側的〈迅速進入倦怠期〉川越看向這裡。

「怎麼能放棄保健室這個選項呢？合法放置的床鋪還有遮掩視線的窗簾。那可是校園內屈指可數，讓人血脈賁張的地點呀！」

「你……你說得太露骨了啦！居然在我們談論像屋頂這樣美好的地方時……！」

「哼……要抱怨的話，請將鼻血擦乾淨再說話吧，中津川。」

「啊……！」

「……是嗎。」

在聽見屋頂派與保健室派互相爭論的同時，琴里再次將視線落在手邊的畫面。

「話說回來，③選項的這一票是誰投的？」

琴里提出疑問後，坐在附近座位的人立即舉起手。

「……是我。」

滿臉睡意的女人，撐開裝飾著厚重黑眼圈的眼睛，在一瞬間將視線投往這個方向。村雨令音。獲得琴里完全信賴的〈拉塔托斯克〉分析官。

「是令音？真是令人感到意外吶。可以說明妳的理由嗎？」

「……是。話說如此，其實也沒什麼大道理。只是使用單純的消去法。」

「消去法？妳的意思是屋頂或保健室都不是適合的地點囉？」

琴里說完後，令音搖了搖頭。

「……不是的。只是，保健室隨時都有會有一名常駐的保健室老師。如果想要發揮保健室所擁有的破壞力，最好再等三十分鐘過後會比較恰當……屋頂也是同樣的道理。既然要去，等到能看見夕陽餘暉的時候再前往該地……效果應該會更好吧。」

聽完令音的發言，琴里微微揚起嘴角。

「——原來如此，妳還真是個浪漫主義者呀，令音。」

然後，靠近麥克風說道：

「士道，聽得到嗎？首先，先帶她去餐廳、合作社等地方參觀吧。」

「……這個嘛，那麼，我們先去參觀餐廳與合作社吧？今後應該會派上用場。」

「好呀，我無所謂。」

士道說完後，狂三露出一個可愛的笑容，並且輕輕點頭。

咚、咚！以室內鞋的底部踩出猶如舞步般的步伐，走到士道身邊。

「那麼，我們出發吧。」

「哦，好！」

雖然稍稍被狂三的積極氣勢所壓制，不過士道還是邁開了步伐。

如果要從這裡前往一樓合作社的話，走西邊樓梯下樓應該是最快的途徑吧。兩人踏著緩慢的步伐行走於走廊間。

然後，一路上正要放學回家的學生們，不斷朝向這裡投來意有所指的眼神。

──「哇～那個女孩子是誰呀？好可愛～是轉學生嗎？」「待在她旁邊的人是四班的五河吧？為什麼呀？」「啊啊，聽說是轉學生直接指名要他陪自己參觀校園唷。」「咦？五河不是夜刀神的男朋友嗎？」「不，我聽說他被鳶一包養，將來預定當個小白臉唷。」「喂、喂，腳踏兩條船還不夠，居然連轉學生都不放過？」「騙人～五河居然是這麼奸詐的人！」

……盡是些肆無忌憚的發言。

臉頰抽搐的同時，決定忽視這些毫不客氣地敲擊自己鼓膜的聲音，於是士道加快了腳步。

此時，右耳聽到了一個聲音。不是那些流言蜚語，而是琴里的嘟囔聲。

「嗯嗯……？」

「怎麼了？琴里。」

「不……我們發現了一個緊跟在你們兩人背後移動的反應……可能被人跟蹤了吧。」

「咦，咦咦……？」

突然得知這個異狀，士道不禁大叫出聲。

「安靜點……我們會進行確認，你現在只要集中心思在狂三身上即可。話說回來，跟女孩子走在一起時，怎麼可以沉默不語呢？真是遲鈍耶。」

「咦？啊……！」

聽見琴里的話，士道輕輕叫出聲。

因為被與女孩子一起走路的緊張感，以及周圍投射過來的好奇視線給奪去注意力，士道一個不注意就把狂三晾在一旁了。

「……糟糕。」

在口中如此呢喃，並且往狂三的方向瞄了一眼。

瞬間——士道的心臟猛然地跳動了一下。

不過，這也是理所當然的。因為狂三正以沒被頭髮遮掩的右眼，筆直地凝視著士道。

自然而然地，四目相交。那一瞬間，狂三似乎打從心裡感到愉悅，綻放出一抹微笑。簡直就像是一直在等待士道看向自己似的。

「狂……狂三。走路時，最好還是看著前方會比較安全唷……！」

士道尖聲說道。狂三說了一句「哎呀！」之後，睜大眼睛。

「我會注意的。居然這麼關心我的安危，士道真是個溫柔的人吶。」

「不……不……沒有這回事！」

「請不要如此謙虛。是我不應該看士道的側臉看到入迷呀。」

「看……看到入迷……！」

啪嗒啪嗒！士道拍了拍通紅的臉頰——這……這這這名少女剛剛說了什麼？看到入迷？不……不對，怎麼可能？這副平凡無奇的容貌根本沒有任何吸引人之處，關於這一點，士道是再清楚不過了。

「怎麼會換成你被對方誘惑了呢，士道？」

此時，耳邊聽見琴里混雜著嘆息的聲音。於是士道的肩膀顫抖了一下。

「抱……抱歉……」

「……不過呢，這名精靈確實是不同於以往的類型。除了能徹底融入人類社會這點以外——居然還像這樣主動接近你。」

琴里似乎在沉思般地發出「姆嗚」的聲音。

「她似乎是個有趣的存在吶，我想從她身上獲取多一點情報……好，接下來在提高好感度的同時，也向她提出各種問題吧——哎呀，剛好出現選項了。稍等一下。」

〈佛拉克西納斯〉艦橋的主螢幕上，再次跳出顯示選項的視窗。

①「妳在早上所說的『精靈』，究竟是什麼意思呢？」

②「狂三之前就讀哪所學校呢？」

③「狂三今天穿的是什麼顏色的內褲呢？」

「全體人員，開始選擇！」

琴里大叫出聲之後，位於艦橋下方的船員們動作一致地壓下手邊的按鍵。

沒多久，投票結果便顯示在琴里專用的螢幕上。

「果然，最多人選擇的選項是①呀。」

將統計結果與自己的選擇做對照，琴里伸出手抵在下巴。

「我認為可行。狂三應該還不清楚士道知道精靈存在的事情。所以我們可以試著先讓她產生動搖。」

從後方傳來神無月的聲音。

「說得也是——神無月，順便問一下，你選哪個答案呢？」

「第③選項。」

「能大致說明一下理由嗎？」

將身體輕輕往後靠，琴里如此問道。

「透過黑色絲襪所看見的內褲是人間珍寶。所以我便毫不猶豫地選擇了這個答案。」

啪嘰！琴里彈了個響指。瞬間，兩名肌肉發達的彪形大漢走進艦橋，然後緊緊地架住神無月的雙臂。

「帶走。」

「是！」

兩人在同一時間如此回答，然後便將神無月拖走了。

「司……司令！請大發慈悲！請大發慈悲啊啊啊！」

噗咻！響起這樣的聲音之後，門關上了。

在寂靜的艦橋中，琴里以挾帶嘆息的語氣開口說話。

「……『狂三今天穿的是什麼顏色的內褲呢？』……喂，怎麼會出現這種選項啊！」

「哎……哎呀……有時候這種低級話題確實可以緩和氣氛呀。」

位於艦橋下方的船員，苦笑著回答。

此時，琴里的眉毛突然動了一下。

「啊！」

剛剛在改變姿勢的時候，琴里不小心用手肘按下了麥克風的開關。也就是說，剛剛的對話已經傳進士道的耳裡——

「喂、喂……狂三妳……今天穿的是什麼顏色的內褲呢？」

畫面中，將剛剛的對話誤當成指示的士道，老老實實地重複了那句話。

「內褲……嗎？」

「……！」

在狂三驚訝地提出反問之後，士道才終於意識到自己說了多麼荒唐的台詞。

「啊，不，剛剛那是──」

慌慌張張地揮了揮手，同時彷彿在抗議般地輕輕敲擊耳麥。

「笨蛋！剛剛那個不是指示啦！真正的答案是①『妳在早上所說的『精靈』，究竟是什麼意思呢？』才對啦！」

「什……什麼……？」

「總之，趕緊想辦法矇混過去！將剛剛的問題轉換成玩笑話，然後再連接上真正的問題！」

「好……好的……」

士道輕輕點頭，然後轉過身面向狂三。

「那……那個啊，狂三……」

但是，在看見狂三的表情與動作之後，士道便不再說話了。

因為狂三的眼神由下往上看著士道，同時用雙手緊緊地抓住裙襬。

「……你……想知道嗎？」

「咦！啊，不……不是這樣的，那個——」

說不想知道是騙人的，但是也不能將這種事情老實地說出口。

就在士道吞吞吐吐地不知道該說些什麼的時候，狂三環顧四周，接著突然躲到位於附近的掃除用具櫃子的陰影處。

「狂……狂三……？」

不明白狂三為何會做出這種舉動，士道皺起眉頭。

接下來，狂三難為情地羞紅了臉，輕啟嘴唇說道：

「可以……唷，如果對方是士道的話……」

說完這句話，狂三慢慢地抬起緊握住裙襬的雙手。

「咦……咦咦……！」

面對這個出乎意料之外的發展，士道露出目瞪口呆的神情。

但是，就在士道感到不知所措之際，狂三已經開始將裙子撩起來了。被黑色絲襪包覆的雙腿漸漸露了出來——就連禁忌的三角地帶也變得隱約可見。透過因為被拉往左右兩側而變薄的黑色布料，士道在一瞬間看見了白色內褲。

「——！」

士道立即閉上眼睛，接著抓住狂三的裙襬往下拉。

「哎呀、哎呀。」

狂三驚訝地如此說道。

「怎麼了？如果對方是士道的話……我不介意唷！」

「不，已經夠了！喂！我們繼續前進吧！」

「呵呵，真是容易害羞呀。啊啊，但是如果要繼續往前走的話，你必須先放開我的裙子。」

「……！」

聽見這句話，士道迅速地睜開眼睛……從旁人的角度來看，現在的士道看起來就像是將女孩子帶到陰暗處並且掀起對方裙子的超級大變態。

「對……對對對對對不起……！」

慌慌張張地放開手。狂三看似不以為意地笑出聲來。

「士道，不要慌張！趕快恢復原有的姿勢。」

此時，傳來琴里的指令。士道刻意假咳了一聲，在走回原來路上的同時，遵循剛剛下達的指示向狂三提出問題。

「那……那個呀，狂三。」

「是，有什麼事嗎？」

「妳早上有說了一句『我是精靈』，沒錯吧？所謂的精靈，到底是什麼意思呢？」

聽見士道的疑問，狂三先是露出訝異的神情——但是，很快地又綻放出微笑。

「——呵呵，不用裝傻了唷，士道。你應該非常了解吧？關於……精靈的事情。」

「…………！」

聽到狂三所說的話之後，士道不禁屏住呼吸。

「……這個女生到底是什麼人？」

琴里的反應與士道相同，說話的語氣充滿詫異。

「她居然確信士道知道精靈的存在……？到底是怎麼一回事？」

士道立刻就明白這個問題並不是在詢問自己。於是，士道代替琴里發問：

「為……為什麼妳會知道我的事情……？」

「呵呵，那是——祕密唷。」

「咦……？」

「不過，我是為了見士道一面，所以才來到這所學校的。自從知道士道的存在之後，我一直備受煎熬。因為我幾乎每天都在想念士道。所以——我現在覺得非常幸福。」

說完後，狂三的臉頰染成一片櫻花粉紅。

「…………！」

士道感覺到自己的臉頰正在發燙。雖然自己看不見，但是說不定耳朵已經開始冒煙了吧。什麼？這到底是怎麼回事？不是賣弄風情或是深受眾人寵愛的女孩等等這種程度的想法。

「這位名為『狂三』的女孩真是可愛到令人受不了」——這種感覺正支配著士道。簡直就像是國中時代，偷舔父親放置在玻璃櫃裡的威士忌之後，所感受到的迷濛微醺感。彷彿一個不留神，自己就會當場癱倒在地上似的。

「喂！如此一來，你們的立場不就完全顛倒過來了嗎！」

「啊……！」

直到聽見琴里的聲音，士道才回過神來。

「趕……趕快走吧！」

士道做了一個深呼吸，同時在盡量避免看見狂三眼睛的情況下移動腳步。

不知為何……士道總覺得如果再繼續看著她的眼睛，身體一定會僵在原地無法動彈。

「……嘖，不肯乖乖地說出來嗎。沒辦法了，繼續攻略吧——話雖如此，真是可悲呀。對方完全掌握主導權。」

「囉……囉唆……」

「哎……這種被人牽著鼻子走的局面真是讓人火大啊。接下來試著做一些會讓她產生動搖的

事情吧。」

就在琴里出聲說話的同時，艦橋主螢幕也顯示出選項。

①「狂三，妳的頭髮好漂亮啊。」若無其事地撫摸她的頭。

②「哎呀，危險！」佯裝成要跌倒的樣子並且趁機靠在她身上。

③「喂，往這邊走唷。」自然地握住她的手。

「唔。」琴里豎起原本叼在嘴裡的加倍佳。

全部選項都會與對方產生肢體接觸。雖然有點冒險……不過這也是因為對方的精神狀態很穩定，所以ＡＩ才會試算出這種可能性吧。這確實是可以縮短兩人距離的有效手段。

「──全體人員，開始選擇！」

說完後，馬上查看顯示在手邊螢幕的統計結果，琴里低聲呢喃：

「③……嗎？嗯，這應該是最沒有爭議的選項吧。」

「說得也是。①有點過分親暱，②則是太刻意了。」

然後，不知何時返回琴里後方的神無月如此說道。

鬆散的金髮凌亂、衣襟敞開。順帶一提，下半身沒有穿褲子，只有穿著一條印有卡通人物圖案的四角褲。

「哎呀，你居然能脫身呀，神無月。」

「好不容易才死裡逃生啊。他們到底是何方神聖？」

「以防萬一的準備唷。」

「他們為什麼想要脫掉我的內褲？」

「那是你的錯覺。」

「是喔，原來是錯覺啊。」

神無月大笑三聲後，立即又恢復認真的神情。

「不過……如果想要達成肢體接觸的目的，還有另一種手段。」

「你說說看。」

「是。首先，請讓士道慢慢地仰躺在走廊上。」

「然後呢？」

「如此一來，就能以那個角度膜拜被包覆在黑絲襪下的精靈的內褲。」

「你還在講這件事情呀。」

就在琴里打算再次彈響指之際，神無月慌慌張張地阻止了她的行動。

「我……我還沒說完。精靈被看見內褲的話，應該也會覺得害羞吧？」

「嗯。」

「既然如此，她當然會狠狠地踐踏躺在走廊上的士道！如此一來，自然就能建立明確的主僕關係——」

琴里彈了個響指，於是，兩名彪形大漢再次進入艦橋將神無月架走。

「為……為什麼？司令啊啊啊啊啊！」

無視神無月的叫聲，琴里靠近麥克風。

「士道，答案是③唷。握住她的手吧。」

「……了解。」

聽見琴里的指示，士道輕輕點了點頭……在傳來指令之前，士道似乎聽見了猶如臨終哀號的叫聲。但是不知為何，士道總覺得不要追究原因會比較好。

「…………」

士道嚥了口口水，看向前方道路。是三叉路。在那裡左轉之就是西側樓梯了。

好機會。在那個地方握起打算直直往前走的狂三的手，然後對她說一句：「啊啊，往這邊走。」並且指示正確的方向。士道在腦海中不斷演習這個動作。

但是——

「咿……！」

士道驚訝地睜大眼睛。因為就在兩人即將來到三叉路口的時候，狂三突然握住士道的右手。

「什麼——？」

琴里也一臉詫異地大叫出聲。

但是，士道的驚慌失措卻是琴里所無法比擬的。纖細、柔軟且微涼的手指，相當有力道地纏繞在右手手心。虛幻而堅定的壓力。彷彿只要一個不留神，就會讓人噴出鼻血似的。

「狂……狂三……？」

做出簡直就像是還沒出現電腦動畫時期，在電影中登場的機器人的動作，士道僵硬地轉過頭，然後努力擠出聲音。

「怎……怎怎怎怎怎怎麼了嗎……？」

朝她看了一眼，發現握住士道右手的狂三，有點害羞地垂下眼睛，並且將臉別過去。

「果然……給你添麻煩了嗎？」

「……！沒……沒有……這回事……」

士道說完這句話之後，狂三才像是鬆了一口氣般地垂下肩膀。

「士道果然是個溫柔的人。」

她說完後，害羞地微笑。

「呃，不……不……」

——總覺得，完全不知道自己該看哪裡了。目光游移不定。意識混亂。糟糕，糟了呀！狂三超～可愛的！狂三好可愛唷狂三！狂三真是個天使！這些稱不上是思考的思考，不斷蹂躪著腦袋。

「——喂，士道。」

狂三輕啟櫻桃小嘴。

「什……麼？」

「有一件事情想要拜託士道……你能聽我說嗎？」

不可思議的感覺。彷彿只要是狂三的願望，自己將會無條件地點頭答應似的。

「啊，啊——」

但是，就在這個瞬間……

「嗚啊……！」

「……！」

伴隨著一陣叫聲，後方響起咚、喀啦、喀沙的聲響。士道全身因此顫抖了一下。

似乎是設置在走廊的掃除用具櫃倒下來了，從裡頭掉出來的掃帚與畚箕散亂一地。

然後——在這之中，有兩名疑似犯人的學生以互相壓在一起的姿勢倒在地上。

「十……十香……折紙！」

士道大聲說道。沒錯，毫無疑問的，躺在地上的人正是十香與折紙。

「哎呀、哎呀？兩位在做什麼呢？」

狂三握著士道的手，一臉驚訝地歪著頭。

看見那副樣子，十香與折紙迅速站起身來。

「還……還都不都是因為那件事情呀！士道帶領狂三參觀校園，那個……卻做了那件事情。我可沒聽說需要做那件事情呀！」

「──時崎狂三。參觀學校應該不需要牽手。請妳立刻放開。」

「沒錯，就是那個！」

十香相當罕見地贊同折紙的發言，用力地上下點頭。

「啊……」

被她們這麼一說，士道才察覺兩人的手還牽在一起的事情。於是慌慌張張地打算放開手──但是，狂三卻在這個時機點將力道注入手指，導致於士道無法放開她的手。

狂三瞄了士道一眼之後看向兩人，然後擺出裝模作樣的嬌態。

「事實上，我有相當嚴重的貧血問題。所以溫柔的士道才會牽著我的手唷。請妳們不要責備士道。」

十香與折紙大致上聽完狂三的說法之後，以彷彿在詢問「真的嗎？」的視線看著士道。

「這……這個嘛……那個，哎……嗯……」

不知為何，士道覺得在這種情況下必須趕快矇混過去才行，因此曖昧地回答道。

於是，下一個瞬間，折紙突然跪到地上。

「折紙！妳怎麼了？」

由於事出突然，士道因此嚇了一跳。然後，折紙迅速地抬起頭來開口說道：

「貧血。」

「…………」

士道的臉頰抽動了一下。額頭自然而然地流下汗水。

「無法自己一個人走路。」

「…………」

「溫柔的人。」

「……哦，哦哦。」

被一股奇怪的壓力所逼迫，士道只好伸出空著的那隻左手。

接下來，折紙以不像是貧血患者該有的速度握住那隻手，然後緊緊靠在士道身邊。

「什麼嘛！妳們兩人！真是丟臉吶！」

十香看著狂三與折紙兩人，並且氣沖沖地抱起雙臂——

「……啊！」

重新看了看士道的雙手之後，十香露出一個恍然大悟的表情。

「士……士道！我也貧血了！」

「是嗎……？」

「嗯、嗯！我的屁股其實沒什麼肉！」

「不，『貧血』並不是這個意思……」

士道苦笑說道。然後，十香臉上浮現困惑表情，雙手蠢蠢欲動。

「總……總而言之，我也要！」

說完後，她伸出手打算握住士道的手——但是，士道的雙手已經被狂三與折紙握住了。

「咕嗚嗚……」

十香立刻露出一個快要哭出來的表情，接著站到士道的正前方，彷彿要飛撲過來似地彎下腰。

「喂、喂，難道——」

然後，就在這一瞬間，不知從何處傳來了手機鈴聲。

「——喂。」

然後，折紙從口袋中取出手機並且開始講話。

對著話筒淡漠地隨聲附和幾句話之後，不知為何，折紙突然以銳利的視線瞪向狂三。

「……是。」

然後，平靜地掛斷電話。

「我有急事。」

折紙如此說道。依依不捨地緊握了一下士道的手，然後將手放開。

就在那一瞬間，十香趁機溜到士道身邊並且牽起士道的手，

「…………」

折紙瞄了十香一眼，然後再次對狂三投以帶刺的眼神之後，離開了現場。

轉身離開之際，折紙在士道的耳邊留下「小心時崎狂三」這句話。

「什……什麼……？」

「士道，我們走吧？」

「呃？啊，好的……」

在狂三的催促之下，士道以雙臂被束縛的姿勢邁開步伐。

……不用說，從周圍投射過來的視線變得更加強烈了。

晚上六點。

大致介紹完學校設備的士道，跟狂三以及硬要跟過來的十香一起穿過校門，走在夕陽照映的道路上——當然，士道的雙手已經重獲自由。

「哎呀，大致上就是如此。妳懂了嗎？」

「是的，謝謝你……只是我還是比較喜歡跟你單獨相處呀。」

「哈……哈哈。」

狂三以開玩笑的語氣如此說道。士道則露出一個苦笑作為回應。

老實說，士道非常感謝十香。

結果，因為多出一個電燈泡的緣故，所以〈拉塔托斯克〉大多下達較為柔性的指令。雖然最後還是有前往屋頂、保健室等觸發事件的地點，但卻因為無法營造出足夠的浪漫氣氛而就此結束。

不，如果從「提昇精靈的好感度」這個層面來思考的話，這確實是使人擔憂的結果。不過……該怎麼說呢？士道認為如果與狂三單獨兩人置身在如此有氣氛的場合的話，似乎很有可能會被對方吃掉呀。

狂三就是擁有如此妖豔的魅力。

簡直就像是——沒錯，就像是不經對方同意就擄獲對方的食蟲植物般。

「不行、不行……」

士道搖了搖頭，否決自己的這個想法。居然把女孩子比喻成會將自己吃掉的人或是食蟲植物等，即使沒有說出口，依舊是一種相當失禮的行為。

——然後……

「那麼，士道、十香，我就此告退了。」

走到十字路口附近時，狂三鞠了個躬，如此說道。

「咦？好……好的……」

「唔，是嗎。那麼明天見了。」

就在士道與十香輕輕揮手的同時，狂三的身影也消失在夕陽之中。

「——啊啊、啊啊。」

告別士道與十香兩人，獨自一人漫步在夕陽下道路的狂三，發出了這樣的聲音。

「還不行吶——要再忍耐一會兒。畢竟機會難得呀。我還想多享受一點校園生活的樂趣呀。」

她自言自語地低聲呢喃，踩著彷彿舞步般的步伐將身體旋轉了一圈。

「……呵呵，這份樂趣必須留到最後才行呀。」

然後——猶如跳舞般地行走在道路上的狂三，忽然咚一聲地撞上了某種東西。

「——哎呀。」

努力穩住腳步不讓自己跌倒之後，看向那個方向。

狂三撞上的似乎是男人的背部。一群素行不良的男人正群聚在道路旁。

「哎呀哎呀，真是非常抱歉。」

狂三低頭鞠躬並且說完這句話之後，邁開步伐準備離開那個地方。但是……

「喂，等一下，小姐。明明是妳走路不長眼睛，可別指望事情就這樣算了。」

被狂三撞到的那個男人露出不懷好意的下流笑容，同時如此說道。

然後，彷彿在呼應這句話，男人的同伴們像是要將狂三團團包圍般地往周圍散開。

「哎呀、哎呀？」

狂三驚訝地歪了歪頭。然後，其中一名男人吹了個口哨聲。

「喂喂，長得很可愛嘛。看來我們抽到大獎啦？」

「喂～喂～妳的名字是什麼？我們來交個朋友吧～」

就這樣，男人們在打量狂三全身上下的同時，七嘴八舌地如此說道。

啊啊——！此時，狂三明白了。

「各位大哥哥。難道說，你們想跟我發生性關係嗎？」

臉上浮現一抹妖豔的微笑，狂三如此說道。然後，男人們愣了一會兒後，用手扶住額頭開始放聲大笑。

「喂喂，居然說出『性關係』這種字眼。呀～講得真直接～」

「這樣也不錯～我們就不用多費唇舌了～妳也喜歡這樣玩嗎？」

「嗯嗯，還好啦——比起這件事情，我們稍微換個地方吧？這個地方太引人注目了。」

聽見狂三的話，男人們開始騷動，維持圍繞在狂三身邊的姿勢走進了小巷子裡。

接著，男人們作勢要將狂三逼進死胡同。此時，與狂三擦撞的那名男人臉上浮現好色的笑容

並且朝著狂三伸出手來。

「哎，那麼，我就不客氣了。」

但是——那隻手沒有觸碰到狂三，反而漸漸地往下方移動。

「啊？你在幹麼？如果再不下手的話，就換我先——」

男人的同伴聳了聳肩如此說道。但是，朝著狂三伸出手的男人卻激動地打斷他的話。

「不、不是！是身體……！」

「身體？」

於是，同伴似乎也察覺到異樣了。

狂三腳下的影子往外延伸，並且從中伸出了許多白色的手——那些手正在將男人的身體拉進

影子裡。

「……！這……這是什麼啊……！」

「嗚……哇哇哇……！」

同伴們不約而同地發出慘叫聲。但是——為時已晚。

「呵呵呵，呵呵。」

狂三的嘴唇彎成微笑的形狀。然後，白色的手抓住所有人的腳，不斷地將他們的身體拖進影子中。

「哎，如果是在平常的話，這些根本就是不值得吃掉的雜碎……但是最近有道主菜正在等待著我，必須讓舌頭先習慣一下——所以我就收下了。」

啪！狂三合起雙掌。

「——開動了。」

原本迴響在周圍的男人們的慘叫聲，在一瞬間完全消失。

彷彿在品嚐料理般，狂三垂下雙眼。過了一會兒之後，才嘆了口氣，摸了摸肚子。

然後——就在這個瞬間……

「……咦？」

突然襲向全身的異樣感，讓狂三的眉毛抽動了一下。

那是被人毫不客氣地來回撫摸全身般的感覺。簡直就是巨大生物沒有經過咀嚼，就將自己囫囫吞嚥下肚似的。

狂三不是第一次體驗到這種感覺。

那是現代巫師使用名為「顯示裝置」的機械所創造出來的結界——隨意領域。

以及在那群人之中，最特別的存在。沒錯，毫無疑問的——是那個女人。

「——嘖，晚了一步嗎？」

像是在驗證狂三的想法般，狂三的眼前，出現了一名少女的身影。

將頭髮綁成一束馬尾，看似國中生的女孩。

身上雖然穿著淺色調的連帽外套以及褲裙的便服，但是從身上散發出來的氣勢，卻如同發現獵物的猛禽一樣凶猛。

「妳又在肆無忌憚地亂吃東西了呀，〈夢魘〉。」

「哎呀哎呀，我記得妳是……崇宮真那吧？」

狂三微微歪著頭，如此說道。然後，真那不悅地從鼻間哼了一聲。

「能記住我的名字雖然值得誇獎……但是隨隨便便就呼喚我的名字，只會讓我想吐！」

「哎呀，真是抱歉呀。」

狂三低頭鞠躬，相當乾脆地向真那道歉。

「不過，名字的確很重要呢。我被人叫作〈夢魘〉也是會很傷心的。可以請妳稱呼我為時崎

狂三嗎？」

狂三說完後，真那似乎更加不悅地皺起眉頭。

「因為很重要，所以我不希望妳叫我的名字。因為很重要，所以我不想將妳的名字說出口。」

「真是複雜呀。」

「閉嘴！精靈！」

真那的眼神變得更加銳利。

狂三感覺到皮膚表面的寒毛豎起。

◇

與狂三道別之後，士道在十香的陪同之下，前往附近的超市購買晚餐的食材。

右手提著沉甸甸的塑膠袋，行走在已經相當昏暗的街道上。

「哎呀～今天來得正是時候呀。」

士道的臉上自然而然地展現笑容。沒錯。由於剛好在超市開始特賣的時間進入店裡，所以士道以三折的價錢買到了許多絞肉。

「士道！今天的晚餐要吃什麼？漢堡排嗎？」

經過這幾個禮拜，十香似乎也學會如何從食材推斷菜色了。十香語帶興奮地如此說道。

「啊，我也投漢堡排一票。」

然後，從仍然處於通訊狀態中的耳麥傳來琴里的聲音。

士道微微聳起肩膀，嘴角揚起一抹竊笑。

「啊～該怎麼辦呢？也可以做成絞肉燉蘿蔔或三色丼～」

「嗯、嗯，雖然那樣也不錯，但是不能做成漢堡排嗎？」

「等等，你在說什麼呀！好不容易買了那麼多絞肉，就不要那麼吝嗇，一口氣將全部的肉都做成料理吧！」

於是，就在十香皺著眉說話以及耳麥響起琴里聲音的時候……

沙！前方傳來運動鞋的膠底鞋面摩擦柏油路的聲音，於是士道轉過頭看向那裡。

「嗯……？」

士道看見了一名以馬尾與哭痣為其特徵，年紀大約與琴里差不多大的女孩子，正驚訝地睜大眼睛站立在前方。

連帽外套以及褲裙的便服打扮。白色裙子不知為何沾染了未乾的紅色髒污，顯得相當醒目

……簡直就像是血跡似的。

「……？」

沒見過的容貌……理應如此才對。士道微微歪頭。

不知為何……士道有種微妙的似曾相識感……就好像自己曾經在某處與對方見過面似的。

然後，就在此時，士道發現少女一直看往自己的方向。

下意識地轉過頭看向後方。因為士道認為一定是有某種令少女感到吃驚的東西，出現在她的視線前方吧？

但是——什麼都沒有。只看見平時走慣的住宅街道、整齊排列的電線桿、鋪上網子的垃圾場等景色。

至於其他落在少女視線內的……沒錯，就只剩下士道而已——

然後，當士道思索到此處時……

「哥……」

少女輕啟顫抖的嘴唇。

「哥？」

士道如此反問。但是，少女沒有回答，只是迅速地跑離原地，然後飛撲到士道的胸懷中。

「什……」

就這樣順勢將手環住身體，彷彿相當感動地緊緊抱住自己。對象是士道；犯人是少女，因為是這樣的組合所以還無所謂。但是如果立場顛倒過來的話，這件事情一定會鬧上警察局吧……

不，即使是現在這種狀況，士道也有可能會被逮捕吧。

但是，士道的思考卻在中途被打斷了……

因為少女將臉埋在士道的胸膛裡，同時如此說道：

「——哥哥……！」

「什……什麼！」

那一瞬間，街道上與〈佛拉克西納斯〉的艦橋內，同時響起了五河兄妹的叫聲。

第三章 Sisters War

「哦哦？這裡就是哥哥現在住的陋居啊！」

抵達五河家門口，少女甩動著頭髮略短的馬尾，使用聽似敬語又非正確敬語的語法，說出令人難以理解的話來。

少女自稱——士道的妹妹。名字是崇宮真那。

少女的身分雖然有許多可疑之處……但是她突然在路上抱住士道，接著便全身無力地癱坐在地上，眼睛含著淚水，深切訴說自己有多麼想要與士道見面。在無可奈何的情況下，士道只好將她一起帶回來了。

當然，這個舉動也獲得琴里的允許。正確來說——說出「將真那帶到五河家」的，不是別人，正是琴里。

「唔，不過真是令人吃驚呀。士道居然還有另一位妹妹……」

十香目不轉睛地直盯著真那看，同時如此說道。

「不……我不記得有這種事啊。」

「是嗎？但是她跟士道長得非常相像……」

「當然呀！因為我是他的妹妹！」

聽見十香的話，真那自信滿滿地抱起雙臂。

但是，真那立即回過神來，以複雜的表情看著士道與十香。

「……但是，哥哥。真那覺得不太高興。」

「啊？什麼事……？」

「那還用問嘛！鳶一——不對，那個……就是呀，你已經有大嫂了，居然還跟其他女性有來往……」

臉頰微微泛紅的真那咳了一聲，開口如此說道。

「什——什麼！」

士道瞪大眼睛並且大叫出聲。

「怎麼了嗎？」

「可以吐槽的點實在太多啦！首先，妳剛剛說什麼？妳跟折紙認識嗎？」

「嗯，算是。因為一個你意想不到的原因所結識的。」

彷彿要隱瞞真相般，目光游移不定的真那如此說道。哎呀，雖然很想知道她們究竟是如何認識的，但是現在還有另一件更加讓人在意的事情。

「那麼……妳所說的『大嫂』，究竟是怎麼一回事……？」

「不，我也曾經抗拒過這種稱呼，但是反正以後還是得這樣叫，所以……」

「我可沒有這種計畫啊！」

「是……是嗎……？」

真那疑惑地皺起眉頭。

「但是，即使如此，哥哥還是有劈腿的嫌疑……」

「『劈腿』。那是什麼？」

十香歪著頭，再次被這種不恰當的字詞吸引了注意力。

不過，在士道還來不及解釋清楚……或者應該說在士道還來不及成功矇混過去之前，真那就已經對著十香開口說話了。

「我就單刀直入地問妳。妳叫作十香吧？妳跟哥哥在交往嗎？」

「什……！」

「妳……妳在說什麼啊！沒有這回事！」

士道漲紅了臉並且介入兩人中間。

真那以訝異的眼神看向十香。

「……十香？妳有跟哥哥約會過嗎？」

然後，真那從士道的側身探出頭來，對十香提出這個問題。
「哦哦，有喔！」
「…………」
真那目不轉睛地盯著士道看。
「不……不是，那是因為啊……」
很難去否定不是謊言的部分。臉上布滿汗水，士道往後退了一步。
然後，真那漲紅了臉，同時以小心翼翼的口氣再次詢問十香。
「十香。難道說，你們已經啾過了……？」
「啾？」
「就……就是接吻啦！」
「嗯，親過唷！」
「……！」
十香若無其事地回答之後，真那猛然睜大眼睛。
「不……不要臉！」
「冷……冷靜一點……」
「沒想到哥哥居然會淪落為這種小白臉……！真那覺得好哀傷！改正！必須改正你的行

為！」

「士道，『小白臉』是什麼？」

十香又再次以興致勃勃的語氣如此問道。「啊～真是的！」士道用力搔了搔頭髮，然後按住十香的背部，將她推到隔壁公寓的前方。

「嗯？士道，你幹麼推我？」

「談話內容越變越複雜了。總之，妳先回去自己的房間！懂了嗎！」

「嗯，但是……」

「今天晚上我會做漢堡排給妳吃！」

「哦哦，真的嗎！」

聽見士道的話之後，十香的眼睛立刻變得閃閃發光，然後一邊揮手一邊跑進公寓裡。

「士道！上面要加荷包蛋唷！」

「好的、好的！」士道揮著手目送她的背影。

「……看來你很會哄女人嘛。」

真那半瞇著眼睛如此說道。士道佯裝成沒聽見的樣子通過五河家的大門。

然後，握住手把，開啟玄關的門。接著——

「——歡迎回家，哥哥。」

在玄關等候多時、身上穿著便服的琴里（當然，頭上依舊綁著黑色緞帶）如此說道。奇怪的是，琴里在提到「哥哥」這兩個字時，特別加重了語氣。

為了接待客人，所以琴里搭乘〈佛拉克西納斯〉搶先一步回到家裡待命。

「哦，哦哦……我回來了。」

雖然感受到一股無法言喻的壓力而全身冒汗，士道還是微微抬起手來回應琴里。

琴里刻意看了待在士道左側的真那一眼之後，大聲說道：

「哎呀，她是誰呢？」

聽起來相當制式化的問題。哎呀，不過這也沒辦法。因為（看起來很像是）一直待在家裡的琴里，不可能會知道兩人剛剛在半路中到底發生了什麼事情。

「啊，啊啊……她是我在半路上遇見的人。和我毫無——」

然後，士道的話才說到一半，真那便先行走上前去。

「妳是他的家人嗎！承蒙妳如此照顧我的哥哥！」

笑容滿面地說出這句話，接著半強迫性地用力拉起琴里的手與自己握手。於是，相當罕見地，琴里有點驚慌地流下汗水。

「哥哥？你說士道嗎？」

「是的！我的名字叫作崇宮真那！是哥哥的妹妹！」

琴里從鼻間哼出一口氣，然後甩掉真那的手並且指向家裡。

「哎呀，總之先進來吧。請妳將詳情解釋清楚。」

「是的！」

真那精神奕奕地做出回應，然後跟在琴里後頭走進家裡。

「……唉！」

總覺得情況變得越來越棘手了。

輕輕嘆氣，士道跟在兩人後頭，將鞋子脫掉後走進客廳。

接下來，士道看見客廳的桌子上已經放有茶水與點心，至於琴里與真那則是面對面地坐在沙發上。

士道看見琴里以下巴對自己示意，便走到真那旁邊坐下來。形成猶如三方會談般的陣仗。

「——好了。那麼，請妳開始說明吧。」

「是的！」

聽見琴里的話，真那以爽朗的語氣如此回應。

「妳叫作……真那吧？妳剛剛說……妳是士道的妹妹？」

「沒錯。」

真那用力點頭。琴里豎起原本啣在嘴裡的加倍佳糖果棒，同時觀察真那的反應，繼續說道：

「我叫作五河琴里——我也是士道的妹妹。」

「……？」

聽見琴里的話，真那在一瞬間歪了歪頭——

「啊……！既然如此，難道妳是……姊姊……！」

「才不是！」

「啊，失禮了——抱歉，琴里。姊姊我一定會……」

「我也不是妳的妹妹！」

處於司令官模式的琴里，相當難得地發出了吼叫聲。被嚇了一跳的士道看向琴里。此時，琴里咳了一聲。

「啊哈哈，在我的記憶裡，我一直認為會有姊妹的存在呢。」

「真是的……」

語氣混雜著嘆息，琴里搔了搔頭。哎呀，節奏全被打亂了呀。

「不過……妹妹……是嗎？」

琴里半瞇著眼睛瞪視真那。

正常來說，如果突然有人對自己說「我是妳的妹妹」，應該不會有人相信吧。

但是，士道本身卻擁有無法如此果斷否認對方的隱情存在。

至少，除了琴里以外，在士道的記憶裡並沒有其他位妹妹的印象。

但是——事實上，士道卻不是五河家的親生小孩。

自從年幼時被親生母親捨棄以後，士道就以這個家庭小孩的身分被養育成人。

因為這些原因，所以才無法斷定真那所說的話只是謊言或妄想。僅僅因為士道不記得的這個理由，根本無法排除真那是與自己有血緣關係的妹妹的可能性。

……哎，話雖如此，如果是在連士道的記憶都顯得曖昧不清的年幼時期，兩人就分離了的話，那麼實在很難相信年紀更小的真那會記得這些事情。

「那個……真那。可以問你一個問題嗎？」

「是的！什麼事呢，哥哥！」

聽見士道對自己搭話，真那彷彿打從心底感到愉悅似的，以幾乎快要跳起來的氣勢如此回答。至於琴里則是不知為何看起來相當不悅地，從鼻間哼了一聲。

「那個……不好意思，我對妳沒有印象……」

「那是正常的。」

真那抱起手臂，點點頭。

士道嚥了一口口水，將心中最在意的問題說出口。

「我想再問妳一個問題——妳的母親……現在……」

沒錯。

如果真那是士道的親生妹妹——就應該會知道這個問題的答案。

捨棄士道的，親生母親。

但是——

「誰知道呢。」

真那歪著頭，以滿不在乎的語氣說道。

「咦……？」

士道皺起眉頭——難道說，繼士道之後，真那也被丟棄了嗎？

然後，似乎是從士道的表情推測出想法，真那搖了搖頭。

「啊，不對～不對～事情不是你所想的那樣——」

真那難為情地露出苦笑之後，喝了一口擺放在手邊的紅茶，然後繼續說道：

「其實我——完全沒有以前的記憶。」

「……妳說什麼？」

聽見這句話，琴里臉上的表情變得更加沉重。稍微調整姿勢，重新面對真那，琴里再次輕啟嘴唇說道：

「妳說的『以前』大約是多久之前？」

「這麼嘛……我還記得這兩三年的事情，但是之前的事情就……」

「妳說兩三年……那麼，妳為什麼知道士道是妳的哥哥？」

琴里問完後，真那從胸口取出一個銀色墜子，然後將放置在裡頭，微微褪色的照片展示出來。上頭是年幼的士道以及真那的身影。

「這是……我嗎？」

士道驚訝地說道。不過——琴里卻露出詫異的神情。

「等一下喔。照片裡的士道大約十歲左右吧？那個時候，他應該已經來我們家了喔。」

「啊……說得也是。」

聽見琴里的話之後，士道搔了搔臉頰。但是，這張照片裡的男孩長得確實與士道非常相像。

這也是個不爭的事實。

「是嗎？真是不可思議呀。」

「什麼不可思議……會不會是剛好長得很像呢？雖然……確實長得很像呀。」

「不，沒有錯。你就是我的哥哥。」

「……為什麼說得那麼肯定？」

聽見琴里的問題，真那信心滿滿地拍了拍胸脯。

「那是因為我們有兄妹的羈絆！」

「…………」

琴里擺出一副「多說無用」的架式聳了聳肩，然後嘆了一口氣……不知為何，表情看起來似乎變得安心不少。

不過，真那看似感慨萬千地垂下眼睛，繼續說道：

「不，連我自己都感到吃驚。我是真的嚇了一跳。當我看見哥哥的時候，就會像這樣，感受到一股電流通過全身的感覺。」

「什麼意思啊。又不是老掉牙的一見鍾情。」

「啊，這就是所謂的一見鍾情嗎——琴里，請將哥哥交給我吧。」

「誰要給妳呀！」

琴里反射性地大叫出聲之後，立刻回過神來假咳了一聲。

「總而言之，只因為如此薄弱的理由就說自己是士道的妹妹，這樣會造成我們的困擾。第一，士道已經是我們的家人了。如今妳卻想要帶走他——」

「我沒有這個打算唷。」

「咦？」

真那若無其事的回答，讓琴里瞪大了眼睛。

「這個家的人將哥哥當成自己的家人般看待，在下無以銘謝。如果哥哥能過得幸福快樂，那

麼真那就滿足了。」

說完後，真那越過桌子，再次握起琴里的手。

「唔……」

琴里一臉尷尬地抿起嘴巴。

「哼……什麼嘛。看來妳很清楚狀況嘛。」

「是的——雖然記憶相當模糊，但是我確實記得哥哥離開我並且前往別的地方的事情。雖然覺得很寂寞，但是比起這個，我更擔心哥哥過得好不好——所以，當我得知哥哥過得很好時，我真的感到非常高興。而且他還有一位這麼可愛的義妹。」

說完後，真那的臉上浮現一抹微笑。琴里紅著臉，尷尬地挪開視線。

「什……什麼嘛，就算妳這麼說——」

「哎，當然……」

趁琴里還沒說完話時，真那搶先一步開口說道：

「還是比不上親妹妹就是了。」

「…………」

劈哩！瞬間，似乎聽見了空氣中出現裂痕的聲響。

「喂、喂，琴里……」

即使士道出聲阻止，琴里卻充耳不聞。臉頰肌肉不斷收縮，臉上浮現一個相當僵硬的笑容。

「哦……是這樣嗎？」

「那是當然的呀。畢竟血濃於水嘛。」

「但是，也有人說養育之恩大於血緣之情呀。」

原本臉上始終帶著微笑的真那，在琴里說完這句話的瞬間，太陽穴抽動了一下。

然後，過了一會兒，真那放開琴里的手，將雙手撐在桌子上。

「哈哈哈……但是啊，理所當然的，到了最後的最後，他還是會回到親生妹妹的身邊吧？俗話說得好，三歲定終身嘛！」

「……嗚！哼……哼！不過呢，即使是義妹，長時間相處的感情反而更加濃厚唷！」

「不對、不對，外人依舊是外人。最重要的是，有血緣關係的才是真正的妹妹呀。因為我們身上流著同樣的血液！所以我們本身妹指數的標準值就相差懸殊了！」

真那以宏亮的聲音如此說道。妹指數。沒聽過的詞彙。

不過，琴里卻毫不猶豫地做出回應：

「只會一直說血緣、血緣，妳就沒有其他話可說了嗎？就算不是親妹妹，我當他妹妹的時間可是超過了十年以上！想也知道誰的妹指數比較高吧！」

「可笑！小時候被拆散的兄妹超越時空再次相會！妳不覺得非常令人感動嗎？真正的羈絆根

本不受時間的侷限呀！」

「囉唆！血緣關係也沒什麼了不起！如果是親妹妹的話，就無法結婚了呀！」

「咦……？」

士道與真那的聲音重疊在一起。總覺得……剛剛似乎聽到了某句奇怪的話？

琴里倏地睜大眼睛，臉頰染成紅通通一片，接著表現出想要矇混過去般的態度敲打桌子。

「總……總而言之！現在我才是他的妹妹！」

「什麼！當然是親妹妹比較厲害呀！」

「什麼厲害呀！這跟妹妹根本沒有關係！」

「哎……哎呀，妳們兩個冷靜一點。」

正當臉頰冒出汗水的士道打算安撫這兩個人的時候，琴里與真那迅速地轉過頭來。

「士道，你覺得呢？」

「你是親妹妹派，還是義妹派呢？」

「咦……咦咦？」

突然被問了這個意想不到的問題，士道不禁發出可悲的叫聲。

「這……這個……哪一派嗎……」

「…………」

琴里與真那目不轉睛地凝視著自己。無論選擇哪一方，士道都不會有好下場，這是相當顯而易見的道理。所以必須趕快轉移話題才行，士道努力思索著解決方法。

「對……對了，真那。」

「是？」

啪！拍了一下手，士道對著真那開口說話。於是，真那驚訝地歪了歪頭。

「妳說妳沒有以前的記憶，對吧？」

「是的，沒錯。」

「那麼，妳現在住在哪裡呢？應該不是跟家人一起住吧？」

「啊……這個嘛……」

原本回答問題相當乾脆的真那，卻在此時變得支吾其詞。

「哎……哎呀，這……這個問題很難解釋……」

「很難解釋……？」

「那個……就是呀，我目前在擁有特殊住宿制的工作單位做事……」

「工作單位……？真那，妳現在幾歲？妳的年紀應該跟琴里差不多大吧？不用上學嗎？」

哎，雖然琴里本身具有祕密組織的司令官身分……但是她還是有好好地去學校上課。

真那難為情地挪開視線。

「那……那個……就是……我……我先告辭了！」

「咦……？等……等一——」

真那說完後，不顧士道的制止便一溜煙地跑走了。

搔了搔臉頰，士道目瞪口呆地眺望著真那離去的那扇門。

然後，從對側座位站起身的琴里來到士道身旁，不知為何開始收拾真那使用過的茶杯。

隔天。噹噹～噹噹～熟悉的鐘聲傳進耳裡。

時鐘的時針指向八點三十分。早晨班會開始的時刻。原本在四周談天說笑的同學們，熙熙攘攘地開始就座。

「……咦？」

在這些人之中，早早就座的士道輕輕歪了歪頭。

因為鐘聲明明已經響了，但是教室裡卻不見狂三的身影。

十香似乎也發現了這件事情，此時正左顧右盼地環顧四周。

「唔，狂三那個傢伙，轉學的第二天就遲到了。」

十香如此說道。然後……

「——她不會來了。」

平靜的聲音從士道的左側傳過來。

折紙頭也不回地僅僅將視線朝向十香，如此說道。

「嗯？什麼意思？」

「就是字面上的意思。時崎狂三，已經，不會來學校了。」

「咦？妳的意思是——」

士道的話才說到一半……喀啦！教室的門被開啟了。雙手環抱著點名簿的小珠老師走進教室。此時班長立即喊出起立、敬禮的號令。

「哎呀……」

雖然很介意折紙所說的話，但是也不能就這樣無視號令。於是，士道與大家一起敬完禮後，重新坐回到位置上。

「各位同學，早安。那麼現在開始點名。」

說完後，小珠老師翻開點名簿，依序唸出學生們的名字。

「時崎同學～」

然後，小珠老師叫到狂三的姓氏。但是，沒有回應。

「奇怪，時崎同學請假嗎？真是的，我明明告訴過她缺席時必須要通知我才行呀。」

小珠老師不悅地鼓起臉頰，打算拿筆在點名簿上畫下紀錄。

然後，就在這個瞬間……

「——有。」

從教室後來傳來響亮的聲音。

「狂三？」

轉頭看向後方，瞪大了眼睛。沒錯，悄悄打開教室後面的門，然後佇立在那裡的，正是臉上帶著溫和笑容並且微微舉起手的狂三。

「真是的，時崎同學。妳遲到了唷。」

「真是對不起。因為我在上學途中，忽然感到不舒服。」

「咦？沒……沒事吧？要不要去保健室……？」

「不，我現在已經沒事了。不好意思，讓妳擔心了。」

狂三低頭鞠了個躬，然後踏著輕快的步伐走回自己的座位。

「什麼嘛……有來學校呀。」

士道嘆了一口氣，然後將視線投往說出不當發言的折紙身上。

「咦……？」

他驚訝地皺起眉頭。

因為折紙正微微皺眉凝視著狂三。

臉上表情雖然沒有劇烈變化，但是不知為何，士道卻能看得出來——折紙現在一定感到非常驚訝。

「折……紙？」

士道以細小的聲音呼喚她的名字。

指尖微微顫抖，接著折紙忽然從狂三身上挪開視線。

「——好，以上就是今天的聯絡事項。」

過沒多久，小珠老師便結束班會，走出教室了。

然後，就在這一瞬間，放在口袋裡的手機響起了輕快的鈴聲。時間算得剛剛好。如果再早個十秒鐘響起，說不定手機就會被沒收了。

查看手機螢幕。上頭顯示著五河琴里的名字。

「喂？琴里嗎？」

「——是我，士道。」

「什麼事？怎麼會在這個時間打給我？如果再早個十秒鐘，我就完蛋了唷。」

「哎呀？我優秀的哥哥不是曾經說過『在學校要將手機設定成靜音模式』這種話嗎？」

「嗚……」

「算了……重要的是，士道，現在發生了一件非常討厭的事情。老實說，這真的是最糟糕的狀態。」

聽見琴里反常地以這種煩惱的口氣說話，士道不禁嚥了一口口水。

「發生什麼事情了嗎……？」

「嗯……真是傷腦筋呀。萬萬沒想到這種事情居然會發生在現實生活中。」

這種故弄玄虛的說話方式，讓士道變得更加緊張。為了壓低說話音量，士道用手遮蓋住話筒，並且繼續說道：

「……到底發生了什麼事情？」

「嗯。事實上——」

就在此時，士道的肩膀被人拍了一下。狂三一臉不可思議地歪著頭。

「你在做什麼呢，士道？」

「……！啊，啊啊……我在講電話呀。請妳稍微等我一下，好嗎？」

士道說完後，狂三以誇張的動作表現自己的驚訝，接著迅速地低下頭來。

「是我失禮了。我不是故意要打擾你的。」

「啊啊……沒關係。請妳不要介意。」

士道帶著慌張笑容如此說道，然後再次將注意力放回話筒上。
「——然後呢？琴里？到底發生什麼——」
「等一下，士道。剛剛……你在跟誰說話？」
「咦？妳問是誰……？」
他向冷不防發出嚴肅語氣的琴里提出反問。
「我的意思是，剛剛有個人待在你身邊跟你對話吧？我在問你那個人是誰。十香？鳶一折紙？還是殿町宏人？」
簡直就像是在審問犯人般，琴里喋喋不休地如此說道。士道因此發出了不滿的聲音。
「什……什麼嘛。妳不需要那麼生氣吧？只是跟我說了幾句話而已。」
「少囉唆，快點回答我的問題。」
琴里以不容分說的語氣如此說道。士道嘆了一口氣之後，將名字說出口。
「是狂三。」
接下來，琴里突然沉默不語。
「琴里？妳怎麼了？」
一頭霧水的士道如此問道。
琴里似乎在電話另一端與某人交談完之後，才繼續說道：

「士道。一到午休時間，你就立刻前往物理準備教室。我要給你看樣東西。」

「物理準備教室……？為什麼又要去……」

「不要問那麼多，你一定要來。」

說完這句話，琴里不等士道回答就將電話掛掉了。

「到……到底怎麼回事嘛……」

士道歪著頭喃喃自語。

◇

中午十二點二十分。宣告第四節課結束的鐘聲響起。

學生們敬完禮之後，不等老師離開教室，便開始準備吃午餐了。

理所當然的，十香也不例外。眼睛閃閃發光，彷彿在訴說「我等好久啦」。接著，十香將自己的桌子與士道的併在一起。

「士道！吃午餐吧！」

說完後，十香從便當袋取出便當盒。此時──士道突然露出困惑的表情。

平常應該還會有一張桌子從左方逼近，讓三張桌子合併在一起……但是，今天折紙卻沒有搬動桌子。

察覺到不對勁的士道，往左方瞄了一眼。發現折紙正表情不悅地凝視著自己的手。

「……？」

雖然感到介意，但是何時吃午餐也是折紙的自由。於是，當士道打算從書包取出便當盒的時候——停下了動作。

「啊……對了。」

這麼說來，琴里交代過自己午休時必須前往物理準備教室。雖然她沒有規定詳細的時間，不過……對方可是琴里呀。總覺得如果遲到的話，似乎又會被迫接受懲罰。

「抱歉，十香。我今天得先去別的地方。」

「嗯？」

正準備掀起便當蓋的十香愣了一下並且轉過頭來。

「你要去哪裡？我也要去！」

「啊……」

士道為難地搔了搔臉頰。既然琴里對自己說出「過來物理準備室」這種話，就代表事情一定是與〈拉塔托斯克〉有所關聯吧。所以很有可能會出現不適合讓十香聽見的話題。

「抱歉。今天不能讓妳跟去。妳先吃吧。知道了嗎？」

合起雙手手掌，士道如此說道。然後，士道便朝著走廊邁開步伐。

「啊！士道……」

從背後傳來十香語帶寂寞的聲音。強烈的罪惡感油然而生。士道輕輕搖了搖頭，走向走廊。

士道就這樣行走於校舍之中，爬上樓梯，抵達物理準備教室。

敲了敲門。然後，彷彿已經在那裡等候多時般，門喀啦一聲地開啟了。

「——太慢了！」

穿著國中制服的琴里，猶如在叨絮不滿似地撅起嘴唇並且探出頭來。

「騙人的吧。我連便當都沒吃就趕過來了耶！」

「好了，快點進來。要把握時間。」

琴里說完後，揚起下巴，邀請士道進入教室。

此時，士道察覺到琴里的胸口沒有掛上平常該有的訪客證。仔細一看，連腳下穿的都不是訪客專用的拖鞋，而是國中的室內鞋。

「什麼嘛，妳今天是偷偷溜進來的嗎？」

「這是因為呀，如果是放學時間的話還無所謂，但是在這種時間，國中生應該不可能會出現在高中校園吧？」

「啊啊，說得也是。」

士道深表贊同般地點點頭，然後轉過頭看向物理準備教室內部。

位於房間最深處的旋轉椅子上，果然坐著預料中的人物。〈拉塔托斯克〉的分析官兼都立來禪高中物理教師——村雨令音。

「……嗯，你來了呀，小士。」

和平常一樣使用與本名沒什麼相關性的暱稱來稱呼士道（士道已經懶得糾正她了），令音指了指位於自己旁邊的椅子。意思應該是要自己坐在那裡吧？

士道遵照指示，坐在椅子上。

接下來，琴里像是要圍住士道般地在他身邊坐了下來……和兩個月前的美少女遊戲訓練完全相同的位置。讓人回憶起不愉快的回憶。

「……所以，妳們要讓我看什麼？」

聽見士道的疑問，琴里指著放置在桌子上的螢幕。

配合她的動作，令音也開始操作手邊的滑鼠。然後，畫面播放出了影像。

擁有鮮豔髮色的美少女們輪流現身，畫面上方出現了遊戲標題——《戀愛吧！My Little士道2 ～愛，還畏懼嗎～》。

「續集……！」

「……啊啊，搞錯了。是這個才對。」

士道嚇到全身顫抖了一下，而令音則再次操作起滑鼠。畫面突然轉暗。

「等……等一下！剛剛那個是什麼！」

「如果一直在意這種小事的話，你會禿頭唷，士道。」

唉！琴里一邊不耐煩地嘆了一口氣，一邊如此回答。

「這才不是小事！我已經受夠美少女遊戲的訓練了！本來──」

此時，士道停止繼續說話。因為轉暗的畫面中，出現了其他影像。

──不知為何，狂三與一名綁著馬尾的女孩，面對面地站立在狹小的巷子角落。

「嗯？那是……真那？」

沒錯，出現在影像中的少女就是狂三與真那。

「對，這是昨天的影像──你仔細看看周圍。」

「什……！」

士道皺起眉頭。因為在那個平凡無奇的住宅街角落，可以看見許多名穿著機械鎧甲的人類。

「ＡＳ……Ｔ？」

半帶驚訝地擠出聲音。

ＡＳＴ──對抗精靈部隊。為了將加害人類與世界的危險生物一舉殲滅而穿上機械鎧甲的超人們。士道不可能會認錯這曾經見過好幾次的身影。

戀愛吧
My Littl
2

士道的同班同學——鳶一折紙的身影，也出現在畫面角落。

而且，全部人員全身上下都裝備著重裝武器。沒錯——簡直就像是精靈伴隨著空間震現界了。

「是的。不知為何，昨天街道上突然出現了ＡＳＴ的反應。其中一名船員為了小心起見，所以派了一架攝影機前往現場——確認完情況之後，被嚇了一大跳。」

琴里在將雙腳重疊翹起的同時，點了點頭。

「為……為什麼ＡＳＴ會……」

「當然是因為有精靈在場的緣故呀。」

聽見琴里以若無其事的語氣所說出的話，士道吞了口口水。

「也就是說……沒有發生空間震，周圍居民也沒有避難？萬一精靈失控的話——」

「……哎，那是因為ＡＳＴ有十足的把握，能在精靈失控前將她一擊斃命吧。」

「……！」

聽見令音的話，士道屏住了呼吸。

但是——即使如此，士道還是有不明白的地方。

沒錯。那就是自稱是士道妹妹的少女——崇宮真那為何會出現在那個地方？

「為……為什麼真那會——」

就在士道開口說話的下一瞬間，真那的身體散發出淡淡光輝，接著全身上下隨即被白色的機械鎧甲包覆。

「什……！」

雖然形狀與其他AST的稍稍不同，但是那確實是接線套裝。

接下來，彷彿是對這項變化做出回應，狂三迅速地張開雙手，此時腳下的影子爬上狂三的身體，在身上構成一件洋裝。

頭上戴著頭飾。上半身穿著緊身馬甲；下半身是裝飾有許多荷葉邊與蕾絲的裙子。這些衣物全部都是由讓人聯想到闇夜的黑色以及血紅的赤色光膜所點綴而成的。

最後，髮型則是不知什麼原因，被綁成左右不均等髮量的雙馬尾。

那種髮型看起來就像是——時鐘的時針以及分針。

「靈……裝……」

士道目瞪口呆地如此說道。

靈裝。精靈擁有絕對領地權的堡壘。亦是守護精靈的神威之膜。

狂三將右手舉過頭頂。然後，影子再次爬上她的身體，最後聚集在她的右手。

但是，就在此時，狂三的身體突然飛到了空中。

「咦——」

士道一時無法理解畫面中所發生的事情，發出了錯愕聲。

但是，下一瞬間，他立即明白了。

真那操控雙肩上的顯現裝置發射光線，打穿了狂三的腹部。

——狂三全身顫抖了起來。

但是，不知為何。與其說是因為恐懼而發抖，不如說狂三的情形比較像是以尖銳聲音哄堂大笑般的顫抖方式。

接下來所發生的事情，在幾秒鐘內便結束了。

狂三雖然想要做出反擊的舉動，但是真那的攻擊總會搶先一步貫穿狂三的身體。

每一次攻擊，都會讓紅色鮮血噴灑在不算寬廣的小路上。

然後——真那將光刃插進已經仰躺在地面上，完全無法動彈的狂三的頭部。

來不及對真那展開攻擊的狂三……

就這樣被奪去性命了。

「嗚……！」

士道下意識地摀住臉，挪開了視線。

或許是因為眼前的光景太過於不切實際，所以一開始士道還沒有實感。直到真那將狂三支解完畢後，他才終於感覺到從喉嚨湧上來的嘔吐感。

牙齒發出喀噠喀噠的聲響，沒有感受到寒冷的身體不斷發抖。

那個人——嚴格來說，雖然本體不是人，但是外表與人類沒有差別的存在，被殺死了。

雖然只是影像，但是依舊親眼目睹了那副景色。所以應該不會有人指責士道的反應吧。

——畫面中的真那，表現出完成任務般的態度轉過頭來。接下來，穿在身上的CR-Unit消失不見，真那又恢復成原先的裝扮。

士道皺起眉頭。不合常理的不協調感。

連透過聞不到味道、也摸不到觸感的畫面看見這副景色的士道，都覺得如此難受了，但是當事人真那，似乎對自己剛剛所做的事情毫無感覺。

沒有罪惡感、

沒有焦躁、

沒有絕望。

甚至沒有一絲絲——成就感。

秉公處理的工作模式。一言以蔽之的話——沒錯，那就是真那「已經習慣了」。

只是不斷重複一樣的工作。真那對狂三的死亡就是如此地漠不關心。

「這……這是……」

花了大約一分鐘之久才勉強忍住嘔吐感的士道如此說道。

「……如你所見。昨天，時崎狂三被ＡＳＴ人員崇宮真那殺死了。不是重傷、也不是瀕死，而是完全地、完美地、毫無疑問地，摧毀了她的存在。」

「怎麼……可能——」

但是，士道卻無法將這句話繼續說完。

因為士道剛剛才親眼目睹過——狂三是如何被人趕盡殺絕。

此時，士道的肩膀猛然一震。

因為被這使人震驚的影像奪去注意力，所以他沒有注意到另一個重點。這段影片中還有一個相當明顯的矛盾點。

「但是今天，狂三確實有正常地前往學校上課……」

士道說完後，令音與琴里幾乎在同一時間抱起手臂。

「……沒錯。我們也不明白這一點。」

「當我聽到士道說自己在跟狂三說話的時候，我還以為是士道產生幻覺了。」

琴里以開玩笑的口吻如此說道，同時聳了聳肩。

但是，士道卻無心理會琴里的玩笑。努力思索之後，開口說道：

「她從那種狀態……活過來了嗎？」

瞄了螢幕一眼。螢幕上剛好播放出ＡＳＴ隊員們開始清理狂三的遺體以及血跡的畫面。

看見折紙身在其中的身影，士道終於理解今天早上為何折紙會有那種反應了。

難怪她會如此驚訝。昨天在自己面前死亡的少女，今天早上居然若無其事地現身了。

「誰知道呢——現階段也沒辦法斷言呀。」

「是……嗎？」

雖然剛剛的影像依然會不時浮現在腦海中，不過呼吸與心跳總算慢慢歸於平靜了。鬆開放在膝蓋上緊握成拳的手，勉強擠出這句話。

於是，在同一個時間點，琴里再次將雙腳重疊翹起。

「——不過呢，哎，無論如何……」

她一邊說話一邊鬆開原本環抱的手臂，然後豎起右手手指對準士道。

「只要狂三還活著，就必須繼續作戰。我記得明天是士道學校的創校紀念日，所以放假一天吧？你必須在今天對狂三提出約會的邀請。原本對方就積極地想要接近你，所以如果運氣好，說不定能利用這次機會封印狂三的力量。」

「……啊？」

士道一臉錯愕地擠出聲音來。

「不……不對吧，都已經發生了這種事情——」

「Shut up！」

途中，士道的抗議聲被琴里打斷。

「就是因為發生這種事情，才更要這麼做！如同我剛剛所說，狂三的能力還是個謎呀。如果她的能力必須具有特定條件才能重生，或者只是當時偶然發生的奇蹟──那麼下一次再被殺死的話，很有可能就會真正出局了唷。」

「嗚……！」

琴里說得沒錯。儘管這次狂三平安無事（雖然這種說法可能有點奇怪），但是並不代表下次也能死裡逃生。

「所以我們必須儘快採取對策。鳶一折紙已經知道狂三還活著。想必她應該已經聯絡AST了──當然，還有崇宮真那。」

「……！」

聽見琴里說出這個名字，士道皺起眉頭。

回憶起剛剛的情景。雖然昨天才初次見面，但是自稱是自己妹妹的少女，居然如此冷漠地，以熟練的手勢殺死狂三──讓人覺得……非常不舒服。

「……我知道了。我來試試看吧。」

在狂三再次被殺死之前……

在真那再次殺死狂三之前……

「——讓狂三，迷戀上我！」

明明是充滿決心的一句話，但是真正說出口之後，果然會讓人覺得有點愚蠢呀。

◇

折紙以斜眼確認士道走出教室之後，緩緩地站起身來。

士道沒有吃午餐，甚至丟下十香不管。雖然很在意士道此刻要前往的目的地——但是現在還有件更為重要的事。

她經過無精打采地垂下肩膀的十香身邊，往目標人物的座位走過去。

「——我有話要跟妳說。」

然後，對那個座位的主人——時崎狂三投以冰冷的眼神，同時如此說道。

「妳是……折紙同學吧？找我有事嗎？」

「過來。」

折紙簡短回答之後，便往教室外面走去。

狂三用手指抵住下巴猶豫了幾秒鐘。不過，當折紙走到走廊之後，狂三便慌慌張張地從座位站起身來。

「請……請等一下。到底有什麼事？」

「…………」

往後方瞄了一眼。

揮舞著彷彿輕輕碰觸就會斷掉的纖細手腳，努力想要追上折紙的少女身影映入眼簾。原來如此，她的確是名會勾起他人的保護欲並且惹人憐愛的少女。

但是——折紙現在卻只從那個身影感受到一股不知從何而來的毛骨悚然。

沒有放慢腳步，折紙動作迅速地走向通往屋頂的門。

折紙以前曾經帶士道來過這個地方。這裡是個平常不會有人造訪，適合說些悄悄話的空間。

「哈啊……哈啊……！」

或許是一口氣爬上頂樓的緣故，狂三的肩膀上下起伏著，身體依靠在扶手上。

經過數十秒，等到呼吸變得平穩以後，狂三才開口說道：

「那個……有什麼事嗎？我還沒有吃午餐……」

有點不安地皺起眉頭，狂三如此說道。

看見狂三的模樣，折紙面無表情地做出回應。

「妳為什麼還活著？」

「咦……？」

「——妳昨天應該已經死了。」

沒錯。折紙昨天確實看見了。

親眼目睹狂三被真那斬斷四肢、刺穿腦袋，而後一命嗚呼。

雖然真那似乎有所不服，但是燎子還是招集了折紙等ＡＳＴ隊員，命令他們防守在四周，以防真那無法殺死精靈的情況發生。

「…………」

狂三挑了一下眉毛。

之後的數秒間，狂三以沒被頭髮遮掩的右眼來回打量折紙的容貌。

然後……

「——啊啊，啊啊。是妳呀、是妳呀。妳是昨天與真那在一起的人。」

「……！」

在狂三說完這句話的瞬間，折紙立即從原地往後退。

雖然毫無根據，但是腦袋卻察覺到一股莫名的不協調感，並且對折紙提出趕緊逃跑的警告。

「哎呀！哎呀！好棒的反應呀！太好了！太好了呀！但是呀……」

「——！」

折紙屏住呼吸。因為就在完全退往後方之前，折紙就已經被某種東西抓住腳踝了。

定眼一看，狂三的影子不知何時延伸到折紙的腳下——從那裡長出兩隻纖細而白皙的手。

而且影子還在一點一滴地增加面積，最後爬上牆壁。

然後，牆壁上也長出了無數隻手。這些手從後方緊緊地勒住折紙的手臂與頭部。

「嗚——」

即使用力掙扎，那些纖細的手指不僅沒有從折紙身上離開，反而增加力道，猶如執行磔刑般地將折紙固定在牆壁上。

「嘻嘻嘻……嘻嘻。沒有用的唷~即使妳那麼做也只是白費力氣。」

狂三，綻放出笑容。

臉上帶著從不久前的狂三身上難以想像得到的扭曲笑容貼近折紙的臉，發出了光是聽到就會讓人感受到腹部有股寒意往外擴散般的聲音。

「昨天真是承蒙關照了。應該清理得很乾淨吧？我的遺．體。」

狂三在撩起頭髮的同時，往折紙的方向靠近。一瞬間，折紙隱約看見了藏在瀏海下方的左眼。是無機質的金色。在那個呈現出非生物器官形狀的眼瞳中，可以看見十二個數字與兩根指針。沒錯——看起來如同時鐘一般。

「既然知道我的事情，居然還敢單獨一人與我接觸，這個舉動似乎有點愚蠢呀？而且還特地為我準備了如此不引人注目的場所。」

「……！」

確實如狂三所言。是因為昨天輕而易舉地就完成任務，所以才會判斷錯誤呢——還是說待在學校的狂三身影，讓自己產生了錯覺呢？無論理由為何，這都是折紙的失誤。即使認為精靈是種威脅，但是心裡卻還是過於輕敵了。

「妳——到底有什麼……目的？」

折紙從緊緊被勒住的喉嚨擠出聲音。接下來，狂三揚起嘴角。

「呵呵呵，我想要體驗一下上學是什麼滋味，這可不是在說謊唷。但是，說得也是吶，我最想要的是——」

停頓了一會兒，狂三將臉逼近到幾乎可以感受到呼吸的距離。

「——士道。」

「——！」

聽見對方說出士道的名字，折紙突然噤聲不語。

看見她的反應，狂三加深笑意，看起來似乎相當愉悅。

「他真的很棒呢。他是最完美的。他看起來真的——相當美味呢。啊啊……啊啊，迫不及待、迫不及待呀。我想要他。我想要他的力量。為了得到他、為了與他合而為一，所以我才會來到這所學校。」

——不寒而慄。折紙感覺到背部已經被汗水濡濕。萬萬沒想到精靈居然會為了一個人——況且對方還是士道而現身。

不過，此時折紙心中產生一個疑問。

剛剛狂三的發話中有提及「他的力量」這句話，這究竟是——

「……！」

但是狂三卻中斷了折紙的思考。

因為狂三的手以相當引人遐想的方式開始在折紙的身上遊走。

「折紙。鳶一折紙。妳也——好棒呀！看起來，非常美味唷。啊啊，難以忍耐、難以忍耐呀。好想現在就把妳吃掉。」

滿臉通紅、呼吸急促。左手遊走於胸口，右手則伸進裙中來回撫摸大腿。

「……嘖！不要碰我。」

「呵呵，請不要說出這麼無情的話。」

說完後，狂三伸出長長的舌頭舔上折紙的臉頰，在折紙臉上畫下一道唾液線。

「嗚……」

「啊啊……啊啊，但是現在還不行唷。雖然非常、非常可惜。但是這些樂趣要留到最後再來享用呀。」

狂三用力地搖搖頭，在折紙的脖子上留下一吻之後，便從她的身上離開了。

「妳的順序，落在士道之後──請妳變得更加、更加美味吧。」

說完後，狂三轉過身，走下樓梯。

直到看不見她的背影之後，勒住折紙的手也被吸回了影子裡。

「……咳、咳！」

折紙跪倒在地板上，不停地咳嗽。

走廊上的影子像是要回到主人身邊般，往走廊的方向不斷收縮。

「士……道──」

不知為何，狂三盯上了士道。

必須趕緊將這件事情通知總部。不，即使這麼做，總部是否會相信精靈盯上一個人類這種事？

──萬一真的發生這種事情，折紙必須保護士道才行……

她咬緊牙齒，用力地握起拳頭。

◇

「……唔。」

十香坐在椅子上抬起頭來，看向黑板上的時鐘。差不多是午休即將結束的時間。

肚子咕嚕咕嚕響。因為從早餐之後就沒再吃過東西，身為大胃王的十香現在幾乎已經是餓到頭暈目眩的地步。

但是，十香卻還沒有打開便當盒。雖然士道要自己先吃飯……但是明白與士道一起吃飯時，食物會變得更美味的十香，無論如何也不想自己一個人先吃飯。

「士道……」

在外面遊玩的同學已經陸陸續續回到教室。性急的同學也已經開始為下節課做準備。

但是，士道的身影仍未出現。

「嗚……嗚……」

不知為何，十香開始眼眶泛紅、呼吸困難。

擤了擤鼻涕，擦乾眼角的眼淚。衣服的袖子有些弄濕了——然後，就在此時……

「——咦？妳怎麼了嗎，十香？」

「什麼？妳還沒有吃飯嗎？」

「馬上就要開始上課了唷。」

看似在外面吃完午餐的女子三人組一走進教室，就立刻對十香如此說道。

她們是平時就非常照顧十香的女孩子們。沒記錯的話，從右邊那位開始，名字分別是亞衣、麻衣、美衣。據說她們是因為擁有相似的名字而變成好朋友。

「嗚哇！怎麼了，十香！妳在哭呀！」

「什麼、什麼！誰欺負妳了嗎！」

「喂！是誰幹的！給我站出來！」

以絕佳的默契包圍十香，三人七嘴八舌地如此說道。教室裡的男孩子們嚇到肩膀一震。

「不……不是啦！沒有人欺負我！」

十香連忙揮揮手，向三人解釋。

「咦？是嗎？」

「那麼，到底發生了什麼事？」

「花粉症？是花粉症嗎？」

十香搖搖頭，然後將視線落在手邊的便當盒。

「士道他……還沒有回來……而且，今天都還無法好好地與士道說話，一想到這件事情，不知道為什麼，就會這樣……」

話才剛說出口，她的眼睛立刻撲簌簌地滴下大粒淚水。

「啊啊！十香！沒關係唷！如果覺得難受的話，就不要再說下去了！」

「話說回來，五河真是不應該呀！居然將這麼可愛的女孩子惹哭了！」

「乾脆將他的頭砍下來餵豬好了！」

三人情緒激動地大聲說話。十香再次慌慌張張地出聲制止。

「士……士道沒有錯！我只是……」

十香在自己貧乏的語彙中收集字詞，向她們解釋士道沒有做錯事，而是十香過於習慣士道存在的緣故。

「姆嗚。」聽完後，亞衣、麻衣、美衣低聲呻吟了幾句。

「對十香而言，如果能與五河說話、一起吃飯，甚至一起出去玩的話，就會覺得Super Happy了，沒錯吧？」

亞衣如此說道。十香點點頭。

「唔，好純真呀。即使將五河處以打一百大板的酷刑，恐怕也無法贖罪吧！」

接下來，麻衣彷彿演戲般地做出擦去淚水的舉動。十香驚訝地瞪大眼睛。

「我家的置物櫃剛好有鐵處女與三角木馬喔。」

美衣一本正經地如此說道。十香疑惑地歪了歪頭。

看見十香的模樣，三人異口同聲地說出「好！」並且拍了下膝蓋。

「為了十香，我決定傾力相助！」

亞衣說完後，從自己的書包取出兩張紙。

「亞……亞衣，那是……」

「沒錯，這是天宮Quintet水族館的門票唷……！我記得明天是創校紀念日，所以放假一天，對吧？十香！這個送給妳，明天跟五河一起去吧！」

「亞衣！那是妳要和岸田一起——」

亞衣伸手制止麻衣的發話。

「不要再說了！十香會感到過意不去的……」

亞衣說完後，麻衣與美衣強忍淚水，分別抓住了十香的肩膀。

「十香……！什麼話都不用說，請妳收下吧……！」

「請讓亞衣……請讓亞衣蛻變成真正的女人吧……！」

「唔……嗯……？」

總覺得不能破壞現場的氣氛，猶豫了一會兒之後，十香還是乖乖地從亞衣的手上收下門票。

接著，就在這個瞬間，亞衣突然當場倒了下去。

「十香……妳一定要和五河……過著幸福快樂的日子……喔！」

「亞……亞衣衣衣衣衣衣！」

「振作點！這只是輕傷而已呀！」

「……！……！」

十香驚訝地瞪大眼睛，維持手中拿著門票的姿勢左顧右盼。

自己是不是做錯了什麼事情？含著淚，十香將門票歸還到亞衣手中。

「嗚哦哦哦哦！」

於是，亞衣復活了。

「亞衣！」

「這是奇蹟呀！」

「呃，不對、不對！」

迅速恢復冷靜的亞衣將門票重新交給十香。

「不要將門票還給我呀，十香。拿著這個去邀請五河吧。」

「邀……邀請……？」

「沒錯。告訴他『明天與我約會吧！』。」

「……！」

聽完亞衣的話，十香瞪大眼睛。約會。如果沒記錯，那是代表男女一起出去遊玩的意思。

——啊啊，那是非常快樂的事情。

仔細想想，最近已經很久沒有跟士道約會了。久違的約會。一定會是個很棒的體驗吧。

但是——還有一個問題。

「由我……開口邀請……嗎？」

十香緊張地流下汗水，同時如此說道。

「沒錯。主動出擊、主動出擊！偶爾由女孩子開口邀約也不錯唷。」

「但……但是……如果被拒絕的話……」

十香不安地如此說道。然後，三人聳了聳肩，「唉」地嘆了一口氣。

「ＯＫ、ＯＫ！首先，我不認為他會拒絕，應該說如果他敢拒絕的話，我就將五河處以手拿滾燙燉鍋的遊街示眾之刑。不過，我們還是先傳授妳一招絕招吧！」

「絕……絕招……？」

「沒錯。男人都是好色之物。如果十香按照這個方法去約他，一定會猶如神助！」

「不……不，應該不需要……」

「好啦～好啦～首先呢……」

十香一邊不停點頭，一邊傾聽亞衣的絕招。

◇

放學的班會時間結束，士道立即從座位上站起身來，朝著狂三的方向走過去。

此時，士道覺得身體的右半邊感受到了十香彆扭的視線，左半邊則是沐浴在折紙的絕對零度魔眼之中。不過，士道還是佯裝鎮定並且繼續往前走。

「狂三，能打擾一下嗎？」

說完後，士道指向走廊的方向，走了過去。然後，狂三也乖乖地跟在士道背後走出去。

直到走到沒有人影的地方之後，士道才轉身面向狂三。

「士道，有什麼事嗎？」

「啊……啊啊。抱歉，問得這麼突然……狂三，妳明天有空嗎？」

「嗯，有是有……」

「那個……如果妳不嫌棄的話，要不要我帶妳認識一下附近的環境呢……？」

「咦？你的意思是……」

「哎……哎……說得簡單點，就是……約會吧。」

瞬間，狂三的表情突然變得開朗起來。

「真的嗎？」

「啊，是啊……妳願意去嗎？」

「當然，這是我的榮幸。」

「是嗎。那麼……我們約明天十點半，天宮車站剪票口前見面吧。」

「好的，真是令人期待呀！」

狂三笑容滿面地如此說道。士道說了一句「那麼，明天見」並且輕輕舉起手示意，然後便返回教室了。

一打開門，士道就看見折紙站在眼前。

「……咿……！」

「——你和她說了些什麼？」

慧黠的雙眼凝視著士道，以平靜且沒有抑揚頓挫的聲音如此說道。

「不……不，沒什麼啦。」

「回答我的問題。這是非常——」

如果再被繼續追問下去，很有可能會說溜嘴。士道如此判斷之後，繞過折紙身邊，然後跑回到自己桌子旁邊，伸手拿起書包。

「我……我在趕時間！再見了，折紙！十香！回家囉！」

「姆？嗯，好！」

說完後，趕在再次被逼問前逃離現場。好不容易反應過來的十香也緊跟在士道後頭離去。

「哈啊……哈啊……」

跑了一會兒，確認折紙沒有追上來之後，士道才放慢腳步。

「你怎麼走得那麼倉促呀，士道？」

「不……不……總之，哎……就是……我們回家吧？」

「嗯，唔……」

含糊不清地回答完後，十香點了點頭。

雖然覺得奇怪，不過……哎呀，這也不是什麼非得追問出答案的問題。士道走過走廊，然後在出入口替換鞋子走出校園。

然後，半途中……

「士道，那……那那那那那那那那那個呀……！」

難得沉默的十香，突然以相當慌張的語氣對自己說話。

「嗯？怎麼了，十香？」

「啊……啊啊。就是……那個……」

於是，十香做出將手伸進書包中尋找東西的舉動——但是不知為何，十香左顧右盼地窺視四周的情況，然後紅著臉低下頭。

「怎……怎麼了？有事嗎？」

「沒……沒什麼……！快點回家吧！」

目光游移不定的十香大叫出聲，然後彷彿要替士道帶路般，緩緩地走向前方。

「那傢伙怎麼了……」

儘管對於十香那反常的模樣感到不解，但是士道還是跟在她後頭踏上返家的道路。不知為何，在放學途中，十香似乎一直刻意別過臉。

過沒多久，兩人抵達五河家以及聳立在隔壁的精靈專用特設住宅。

「哦，那麼待會兒見啦。今天也會過來吃晚飯吧？」

於是，士道如同往常般舉起手道別——不過卻在途中停下了動作。

理由相當單純。因為十香不是朝向公寓，而是朝著五河家的方向走去。

「十香？妳不用先回家換衣服嗎？」

「沒……沒關係，快點開門！」

「啊……是無所謂啦。」

反正到了晚餐時間，十香還是會來五河家。所以並不會有什麼大問題。士道從口袋取出鑰匙，然後打開門。

「我回來了。」

門上鎖的話，代表琴里還沒回到家，不過士道還是習慣性地說出這句話。在玄關脫掉鞋子走進家裡，然後直接走到客廳，將書包放到沙發後輕輕伸了一個懶腰。

「嗯……」

此時，突然響起喀鏘的聲音。

應該是跟隨在士道後頭走進家中的十香，重新將玄關的門上鎖了。她就這樣低著頭走進客廳。

「嗯？其實不用刻意上鎖唷，反正等一下琴里就會回來了。」

「…………」

但是，十香並沒有回答，只是就地放下書包，然後從書包裡取出兩張看似門票的東西。

「士……士道，如果方便的話……那個……」

然後，就在此時，十香彷彿想起什麼事情般地抬起頭來。

「對……對了，必須認真做完那件事情才行……」

「認真……做什麼？」

士道歪著頭說道。然後，十香突然慌慌張張地跑到客廳的窗戶邊，拉上厚厚的窗簾。

「喂、喂，十香……？」

「稍等一下！我……我要開始準備了！」

「準備……什……什麼東西……？」

但是，十香果然還是沒有回答。

這一次，十香從書包拿出一張活頁紙，然後放置在桌子上。

接下來，十香一臉嚴肅地看著那張紙，同時將手伸到腰際慢慢捲起裙子。這是女生們將裙子暫時變短的一種小技巧。十香的健康大腿漸漸露出來了。

「喂、喂，十香……？」

無法理解十香做出這個舉動的意圖，士道的臉頰流下汗水，同時皺起眉頭。

接下來，十香鬆開制服的蝴蝶結，然後從最上方依序解開襯衫的鈕子。第二顆……第三顆……最後居然解開到第四顆。從襯衫的縫隙間可以窺見十香白皙的胸口，士道下意識地挪開視線。

「妳……妳在做什麼呀！十香！如果要換衣服的話，先回到自己家裡——」

「士……士道！」

十香打斷士道的發言，然後用嘴唇叼著門票、四肢伏地，擺出所謂的雌豹姿勢。順帶一提，此時她的臉像是熟透的番茄般，變得一片通紅。

「遮（這）……遮哥（這個）…………！」

「什……什什什麼……！妳到底在做什麼呀！」

士道語無倫次地如此說道。然後，十香說了一句「不……不行嗎……！」之後，懊悔地從嘴巴取下門票……到底什麼東西不行，完全不懂對方想表達的意思。

但是，十香再次看向放置在桌子上頭的活頁紙，然後……

「很……很好……！」

像是要替自己打氣般地大叫出聲，十香撿起門票。

接下來，這次將門票放進衣襟敞開的胸口處——「嗯？」十香微微歪頭。

似乎是因為無法順利夾住門票的緣故。身體微微往前彎，用左手將胸部擠出乳溝，把門票放進去之後看向士道。

「什……！」

總覺得自己看到了不該看的畫面，士道不禁往後退了一步。

「士道……那……那個……」

「哦，哦哦……什麼事？」

「明……明天……可以跟我約會……嗎？」

「啊……？約、約會……？」

「嗯，嗯嗯……！」

十香用力地點點頭，將胸口處的門票展示在士道眼前。

……這……這應該是……要自己收下的意思吧？

如果不收下這張門票，十香的手段可能會變得越來越激烈。高中二年級的士道，也是個正處

於思春期的男孩子。要說對異性不感興趣是騙人的，但是也不能放任情況越演越烈。他臉上布滿汗水，顫抖的手慢慢朝向十香的胸口伸過去。

然後，一邊小心翼翼地避免手指觸碰到十香的胸部，一邊取下門票。

「哦……哦哦！」

接下來，十香露出開朗的神情，恢復正常姿勢。

然後，下一瞬間，十香將裙子整理成原有的長度，遮住胸部，伸手拿起書包。

「明天早上十點在車站的巴公像前見面！那……那麼我去換衣服了！」

留下這句話之後，十香就以迅雷不及掩耳的速度離開客廳。啪嗒啪嗒地跑過走廊，打開玄關的鎖之後朝外頭奔馳而去。

「怎……怎麼回事呀……？」

士道目瞪口呆地喃喃自語，然後將視線落在手中的門票。似乎是水族館的門票。她怎麼會有這種東西呢？

接下來，眼神看向被十香遺留下來的那張活頁紙。上頭以圓圓的字體寫著〈十香的誘惑祕笈〉。底下依序寫著：

①**雌豹姿勢。**

②**將門票放進乳溝。**

③如果以上兩個方法都行不通，那就直接推倒。

……雖然一頭霧水，不過剛才的情況似乎很危險呀。

「這是什麼啊……」

就在士道百思不得其解的時候，玄關再次傳來「喀鏘」聲響。

以為是十香回來了的士道，緊張到全身僵硬——結果並不是她。走進客廳的是頭髮綁著黑色緞帶的琴里。

「我回來了。呃，嗯……？」

可能是因為察覺到屋內的異常昏暗，琴里皺起眉頭。

「大白天的就拉起窗簾，你到底在做些什麼猥褻的事情呀，士道？」

「我……我什麼都沒做呀！」

「哎，隨便你。你手上拿的是什麼？」

「啊啊……事實上……十香邀請我跟她一起約會。」

士道說完後，琴里吹了個口哨表示讚嘆。

「嘿。十香主動邀請你嗎？真是不錯的發展呀。到底是什麼時候？我們會暗中支援唷。」

「啊啊，時間是明天……」

「明天？」

琴里表情複雜地皺起眉頭。

「等一下，說到明天，你不是已經跟狂三約好了嗎？」

「啊——」

被琴里這麼一說，士道才想起來。因為被十香那充滿衝擊性的妖豔姿態奪去注意力所以差點忘記了——對啊，明天已經跟狂三約定好要一起去約會了呀。

「糟糕，現在趕快去回絕她的邀請吧……？」

士道說完後，琴里憂鬱地搖搖頭。

「不可以。如果取消原本答應的約會，十香的心情一定會跌到谷底。況且從今天早上開始，她的寂寞計量表就有逐漸上升的趨勢。」

「不，我並沒有答應……」

「重要的是，十香會怎麼想？哎，沒辦法了。我們會在背後支援你，請你務必讓這兩個約會都能成功。」

「什——什麼！那……那種事……」

然後，就在士道正準備繼續說下去的時候，口袋中的手機開始振動。

看了畫面一眼，來電顯示是沒看過的電話號碼。

即使感到有些狐疑，士道還是接起了電話。此時，從聽筒傳來平靜的聲音。

「喂？」

「嗯……？這個聲音是……折紙……嗎？」

「沒錯。」

折紙簡短地表示肯定。士道的臉頰流下汗水。

「咦……？我……有跟妳說過我的電話號碼嗎？」

折紙沒有回答，沉默一會兒之後，才又繼續說道：

「明天放假。」

「啊……啊啊……是啊。」

「不能讓你單獨一人。」

「咦……？」

士道驚訝地回答道。然後，折紙維持相同的語調繼續說話。

「上午十一點。我會在天宮車站前廣場的噴水池前等你。」

「咦？」

「約會。」

「…………………啊？」

「絕對要來。」

最後說完這句話之後，電話就被切斷了。

……結果，折紙還是沒有回答士道的疑問。

「到底是誰呀？」

「不，是折紙打來的。好像……要……要和我……約會。」

「什麼……！」

琴里用力地皺起眉頭，大叫出聲。

「你說約會……該不會，也是明天吧？」

「妳……妳猜對了……」

琴里用手扶住額頭，嘆了一口氣。

第四章　Triple Date

「——聽好囉？早上十點先與十香碰面，一起前往東天宮水族館。接下來，途中再找藉口偷溜出來。走到戶外之後，〈佛拉克西納斯〉會去接你上船。然後，十點三十分在剪票口前與狂三會合，兩人一起行動。十一點再返回車站前廣場赴鳶一折紙的約。但是，在這個時間點，十香將會被冷落長達半小時之久。所以必須趕快想辦法補救。之後要盡量縮小間距，將每個人的空白時間調整到最小。我們會負責管理時間表，所以士道只要多說一些甜言蜜語哄她們高興就好。雖然這次最優先目標是讓狂三迷戀上你並且與你接吻，但是不能讓十香感到不悅，也不能讓折紙察覺到異樣。你要想盡辦法——喂，我說士道，你有在聽嗎？」

「……我……我有在聽。」

……但是記不記得住又是另外一回事。

為了不讓人察覺心中的想法，士道假咳了一聲，對著透過耳麥傳來的琴里的聲音輕輕點頭。

結果，士道還是無法推掉來自十香與折紙的邀約，最後決定硬著頭皮執行Triple Booking Date（三重約會）。

其實本來應該要以攻略狂三為第一考量，但是如果失約的話，十香的精神狀態將會明顯惡化，精靈的力量很有可能會因此而產生逆流。而且考慮到折紙有可能會突然闖入與十香或狂三約會，所以自然也不能放任折紙不管。

最後總結出來的結論……釀成了這個猶如地獄般的行程。

「如果只是單純聽我講話也沒用呀。要記到腦袋裡。」

「嗚……」

被識破了。臉上流下汗水。

「唉……算了。基本上就是按照我剛剛所說的方式移動。準備好了嗎？」

「啊，啊啊……應該吧。」

說話的同時，士道低下頭重新檢視自己的打扮。今天士道穿著樣式簡單的深藍色POLO衫以及米白色休閒褲。

根據琴里的說法──「女孩子對男孩子外表是採取扣分方式來計分」。缺乏經驗的男生即使處處留意，還是會被發現失敗之處。所以即使是不起眼的衣服也無所謂，最重要的是保持清潔感。

「好了，時間差不多了──開始我們的戰爭(DATE)吧。」

「哦，哦哦！」

聽見琴里的話，士道做了一個深呼吸，壓抑內心的緊張。

此時士道已經站立在距離天宮車站東側出口不遠處的某尊犬銅像前。

其實這座銅像擁有自己的正式名稱，但是因為它與澀谷車站的忠犬像長得非常相似，所以附近居民都帶著親密感與嘲笑，稱呼它為「巴公」。真是可憐的小狗。

話雖如此，由於位處車站出口附近，所以與本尊忠犬相同，這座銅像也變成了約定見面的熱門地點。因此除了士道以外，周圍也聚集了許多人。

然後，彷彿要隔開這波人潮般，十香那熟悉的聲音傳進士道耳裡。

「士道！」

轉頭看向聲音傳來的方向。發現十香已經佇立在前方，臉上堆滿幾乎比太陽更加耀眼的笑容。

她身上穿的不是平時的制服，而是衣料輕薄的長版上衣搭配短褲。這副打扮看起來就是量身訂做般，非常適合十香。

「這……這是……」

士道呆呆地凝視著十香，然後令音的聲音透過耳麥傳進耳裡。

「……啊啊，因為十香問我該穿什麼好。不難看吧？」

「是……是的……」

以呆滯的語氣如此說道。豈只是「不難看」，簡直就是「非常好看」呀！一瞬間就將士道的目光完全吸引住。

「士道？」

「啊，啊啊……！抱歉，剛剛稍微發呆了……嗯，衣服很適合妳。很可愛唷，十香。」

「什……！」

士道說完後，十香的臉頰染成一片通紅。

不知所措地動了動手與頭部之後，轉過身去。

「好……好了，我們走吧！喂，動作快！」

「怎……怎麼了！不要急──」

然後，話還沒說完，士道就停止說話了。因為原本走在前方的十香突然停下腳步，害士道不小心撞上她。

「十香？怎麼了？」

「姆……姆嗚……」

十香困惑地皺起眉頭，然後回過頭來。臉頰依舊微微泛紅。

「士道，話說回來，到底要往哪邊走呢……？」

「咦？不是要去水族館嗎？」

十香露出一個十分困擾的神情。看來她似乎不知道水族館的位置在哪裡。

「哈哈……稍等一下唷。」

士道從自己的錢包中取出門票，然後將視線落在背面的地圖上。

「呃？天宮Quintet嗎？嗯，那麼應該是在對面吶。」

說完後，指著與十香前進方向相反的道路。於是，十香向後轉過身，緊靠在士道的背後。應該是要自己帶路的意思吧？

士道露出苦笑，然後邁開步伐往前走。

然後，就在此時……

「…………！」

視線的角落似乎看見了一個熟悉的人影，士道皺起了眉頭。

沒有轉動身體的方向，只利用視線瞄了左邊一眼。

與車站前方相隔一條馬路的廣場。在那座噴水池前，士道看見了鳶一折紙的身影。

高領無袖上衣搭配迷你裙的裝扮，肩膀揹著一個小包包，以一動也不動的立正姿勢佇立在原地。如果不知情的路人將她誤認為是櫥窗模特兒，也不會讓人感到訝異。

如果沒記錯的話，和折紙約定的時間應該是十一點。現在時刻是十點五分。看來折紙是等不及了。

「嗯?怎麼了嗎?士道。」

「不，沒有，沒事!好了!出發吧，快點出發吧，立即出發吧!」

如果繼續在此逗留而被折紙發現，那就糟糕了。為了隱藏十香的身影，士道刻意讓十香走在自己的右手邊。接下來，維持將臉轉向十香方向的姿勢，開始往前走。

「哎呀，你終於學會對女孩子體貼啦。不讓女孩子走在靠近車道的那一側。視線緊緊盯著對方。嗯，雖然不是什麼特別的舉動，卻意外地會讓女孩子感到高興唷。」

「是……是嗎……」

士道一邊苦笑一邊以細微的音量回應琴里。雖然這不是一開始的目的……哎，反正過程不重要，重要的是結果。

努力穿越過折紙的視線範圍(Danger Zone)之後，士道稍稍放慢腳步。

以手臂擦拭額頭的汗水，喘了口氣。此時，走在身旁的十香開口說道：

「對了，士道。」

「嗯?怎麼了?」

「『水族館』到底是什麼呀?」

「妳問我是什麼……不是妳想去那裡參觀的嗎?」

「你不要誤會了。我只是想要與士道約會而已唷。」

「…………」

不知為何，臉頰開始發燙……「你……你不要誤會了！我只是想去參觀水族館而已！」普通人的說法應該是這樣才對呀……總覺得，說法顛倒過來了。

假咳一聲重新振作精神之後，士道開口說道：

「水族館就是……哎，就是有很多魚的地方。」

「什麼！」

十香睜大眼睛，大叫出聲。

「鹽燒口味嗎！」

「不是不是不是……」

「那麼是滷的囉？」

「就說不是了……」

「既然如此，是義式白酒番茄燴煮魚（Acqua Pazza）嗎？」

「啊……？」

「啊！還是清蒸呢？」

「怎麼都是跟吃的有關啊！話說回來，妳怎麼曉得這麼多料理方式！」

雖然不知道十香是從哪裡獲得這些知識，但是內容明顯出現了偏差。後半段的談話內容，要

不是士道擅長料理的話，很有可能連吐槽都做不到。

「唔，我說錯了嗎？」

「是啊。那是個讓人觀賞魚兒游泳的地方唷。」

「魚……游泳……！」

十香露出害怕的神情，皺起眉頭。

這麼說來，十香應該只有看過被料理得非常美味的魚而已。

「啊……哎，百聞不如一見。總之，我們就去參觀看看吧。」

「唔……嗯，說……說得也是吶。」

士道帶領著頻頻點頭的十香，沿著道路往前走。

過沒多久，兩人抵達目的地——天宮Quintet。這裡是去年才剛剛完工的全新複合式商業設施。附近還有同集團所經營的飯店、室內遊樂園、電影院、購物中心等，形成一條小規模的商店街。以新的觀光地點來說，天宮Quintet算是非常受歡迎，所以即使是平日也能看到許多人潮出入其中。

「到了。那個就是水族館喔。」

「士道。」

十香突然緊緊握住士道的手。

「……！十……十香？怎……怎怎怎麼了嗎……？」

「唔，這裡人這麼多，應該很容易走失。」

「啊啊……說……說得也是。」

士道努力壓抑劇烈跳動的心臟，同時反握住十香的手，接著進入水族館。

在門口將門票遞給工作人員，然後踏入燈光昏暗的館內。

接下來……

「這……這是什麼呀……！」

被握住的手顫抖了一下，十香發出響遍館內的巨大聲響。

周圍的客人不約而同地往士道與十香的方向看過來。

「十……十香。這裡不能大聲喧嘩。」

「嗚……嗚嗯……抱歉。但是士道……這裡……好壯觀啊。」

十香稍微降低音量，抬起頭來。

館內鑲滿了一整面的玻璃，裡頭有無數隻大大小小的魚兒游來游去。其規模連士道看了都不自覺地發出讚嘆聲。所以十香會如此吃驚也是理所當然的事情。

「這全都是魚嗎……」

走路時完全沒有低頭看腳下的十香如此說道。

「啊啊，沒錯。很漂亮吧？」

「嗚……嗚嗯。非常漂亮……」

說話的同時，十香放開士道的手。就這樣搖搖晃晃地行走了一段路之後，將雙手貼在大片玻璃牆上。此時，一大群小魚橫過眼前。

「哦哦……」

十香將眼睛睜得大大的，並且用眼睛追尋魚群的動向。那副模樣看起來莫名可愛，士道不自覺地笑了起來。

「士……士道，我們往裡面移動吧！」

「哈哈，說得也是吶。那麼——」

然後，就在此時。配戴在右耳的耳麥響起輕快的鬧鈴聲，士道的肩膀顫抖了一下。

「——士道，與狂三約定的時間到了唷。〈佛拉克西納斯〉會去接你，所以趕快走到戶外並且移動到隱密的地方吧。」

「……！」

「士道？還不走嗎？」

似乎是對於士道突然停下腳步的舉動感到不可思議，十香歪著頭，露出驚訝的神情。

「啊……呃……」

目光游移了一會兒，士道突然按住腹部並且稍稍往前彎腰。

「好……好痛痛痛痛……！」

「你……你怎麼了，士道！」

「沒……沒有啦，我的肚子突然有點……我要去上個洗手間，妳在這裡等我一下，好嗎？」

「什……！沒……沒事吧……？如果很不舒服的話，要不要通知琴里他們……！」

「不……不用！事情沒有那麼嚴重，所以不用擔心！懂了嗎！」

「唔……嗯嗯……」

即使士道這麼說，十香還是露出打從心裡感到擔心的表情凝視著士道……強烈的罪惡感在胸口中擴散開來。

但是，如果動作再不加快就會讓狂三久等了。士道懷抱著猶如從裝在瓦楞紙箱裡的小狗面前離去的心境，往出口的方向前進。

「我……我會盡早回來，妳可以先看看魚！」

「唔……嗯，我知道了！如果還是不舒服的話，要馬上聯絡琴里唷……！」

「哦，好……」

士道點點頭，一邊按著腹部一邊走路。

轉彎之後，他在脫離十香視線範圍的地方恢復正常姿勢，然後使出全力向前奔跑。

「讓……讓妳久等了……！」

當士道上氣不接下氣地抵達天宮車站東出口的剪票口前時，馬上就看見了狂三的身影。

她身上穿著看起來相當高級的襯衫以及長裙。或許是因為全身上下的衣服都是黑色的緣故，所以這身打扮看起來有點像喪服。

「不會，我也才剛到。」

說完後，狂三綻放出一抹微笑。士道調整完呼吸，再次轉過身來面對狂三。

「抱歉……我來晚了。」

「呵呵，其實不用那麼著急也沒關係。」

「不、不，哎……哈哈。」

以曖昧的笑聲矇混過去。

即使可以利用〈佛拉克西納斯〉走捷徑，但是傳送時必須移動到一個上空無遮蔽物而且隱密的場所才行。所以從水族館移動到人來人往的車站前方，必須跑過一段不算短的距離。

「──好，接下來是今天的重頭戲囉。振作點吶！」

琴裡如此說道。士道輕輕敲擊耳麥表示自己了解了。

今天最重要的目標──與狂三接吻，然後封印精靈的力量。

重新意識到這個重點的同時，狂三的嘴唇映入眼簾，士道害羞地搔了搔臉頰。

然後，狂三低頭鞠了個躬。

「今天非常感謝你的邀請。我非常高興——那麼，我們要先去哪裡呢？」

「嗯……這個嘛。」

就在士道說話的同時，右耳傳來琴里說出「等一下」的聲音。

〈佛拉克西納斯〉的主螢幕上出現了選項。

①在購物中心悠閒購物。

②兩人觀賞甜蜜的愛情電影。

③前往女性內衣商店欣賞她的試穿模樣。

「全體人員，開始投票！」

話才剛說完，琴里手邊的小型螢幕立刻顯示出統計結果。

「唔……」

就在琴里低聲嘟囔的時候，艦橋下方響起船員的聲音。

「這個時候應該選②呀！昏暗的空間裡，彼此的手不經意地交疊在一起！只有這個才是正確答案啊！」

「不對、不對，①才是正確答案唷！女孩子最喜歡買東西了！」

的確，不管選哪個選項似乎都可行。但是，琴里搔了搔臉頰。提到離這裡最近的購物中心和電影院……就是十香目前的所在地——天宮Quintet。雖然不至於會碰到面，但是應該也沒必要增加不穩定的因素。

所以，剩下的選項只有……

「③嗎……這個選項似乎有點不討人喜歡啊……？」

琴里以為難的語氣如此說道。然後，下方傳來令音的聲音。

「……不，從數據以及昨天的反應來判斷，對方不一定會拒絕這項請求。」

「唔……」

琴里皺著眉頭，低聲呢喃。這個選項雖然有很高的風險性，但是如果對方答應的話，就能成為狂三已經對士道開啟心房的有力證據。這是一張相當有用的石蕊試紙。

「士道，答案是③唷。帶她去車站大樓內的內衣店逛逛吧。」

「哦，明白……呃，什麼……！」

擴音器播放出士道語氣錯愕的聲音。

「那……那個……狂三。妳有沒有想買的東西……應該說，妳有沒有特別想看的東西呢？例……例如像這樣，穿在身上……之類的東西……」

「衣服嗎？啊啊，我是滿想逛逛的。」

「不……不是衣服……應該說是穿在衣服裡面的……」

「衣服裡面……？」

「咦……？」

於是，似乎明白了士道話中意思的狂三，微微染紅了臉頰。

「算……算了，果然有點奇怪吶！好，總而言之，我們先往別的——」

正當額頭布滿汗水的士道準備往前走時，發現衣服的下襬被拉住了。

「咦……？」

定眼一看，狂三微低著頭，眼神由下往上地看向士道。

「士道會……幫我挑選嗎？」

「咦！啊……啊，會的……」

士道有點不知該如何是好地點點頭。然後，狂三的臉上浮現一抹靦腆的微笑。

「呵呵，那麼——請你幫我挑一件可愛的款式吧。」

「那……那個……我知道了。」

既然是自己主動邀約，當然不可能拒絕這個請求。士道邁開步伐向前走，動作僵硬得如同機器人一般。

「嚇我一跳，居然上鉤了。」

「……喂。」

輕輕敲擊耳麥，彷彿在控訴「還不都是妳指使的」。

然後，就在此時，隔著一條馬路的站前廣場映入眼簾。噴水池前方，可以看見從三十分鐘前就一直維持相同姿勢站立在原地的折紙身影。

不過，其實也不是全然沒有變化。因為現在有三名企圖搭訕的男子，正以非常友善的語氣向折紙說話。

但是折紙卻一動也不動。簡直就像是完全沒有注意到這幾名男子般。

然後，似乎是因為被漠視而感到憤怒，三名男子的其中一人伸出手，打算抓住折紙的肩膀。

折紙以熟練的身手把男人的手臂往上扭轉，然後將對方按倒在地。

男子感受到強烈的痛楚，含著眼淚發出慘叫聲。至於男子的同伴們，則害怕到站在原地不敢動彈。就在這件事情發生的同時，周圍漸漸聚集了看熱鬧的路人。最後，警察趕到現場，將男子們帶回警局。

然後折紙又若無其事地恢復了原先的姿勢。

「…………」

「士道，怎麼了？」

似乎是對於士道臉頰冒著汗並且忽然停下腳步的舉動感到疑惑，狂三出聲詢問。

「不……沒……沒什麼。」

士道在不讓折紙發現自己的情況下，走進聳立在車站旁邊的大樓中。

接下來，搭乘手扶梯前往三樓的內衣店。雖然之前有來這棟車站大樓消費過幾次，但是這還是士道第一次進入這層空間。

從入口開始便是陳設許多性感內衣的展示區。當然，無論是店員還是客人，清一色都是女性。

士道一走進店裡的瞬間，周圍的人便對他投以好奇的眼光。雖然因為身邊有狂三在所以還無所謂，不過這裡依舊是個讓士道感到渾身不自在的地方呀。

「哎呀！好可愛呀！士道喜歡哪件呢？」

立刻找到自己喜歡款式的狂三，在士道面前展示了兩套上下兩件式的內衣。這兩件的設計都是以精緻蕾絲作為裝飾的可愛風格。士道不自覺地漲紅了臉。

「這……這個嘛。那個……」

「士道，等一下。」

艦橋的主螢幕上出現了選項。

①右手邊。粉紅底色搭配黑色蕾絲的妖豔設計。

②左手邊。淡藍色的清爽設計。

③「我喜歡比較暴露的款式……」指向掛在後方的內衣。

「全體人員，開始選擇！」

琴里大叫出聲之後，統計結果立刻出現。雖然只有些微差距，但是令人感到意外的是，票數最高的居然是……第③選項。

「既然都來到這裡了，當然要積極進攻呀！一開始先漸漸麻痺她的感覺，減少對方對於接吻的抵抗！」

船員們的大聲說道。琴里發出「唔」的嘟囔聲，然後用手抵住下巴。

「好吧。既然ＡＩ都提出第三選項了，代表應該值得一試。士道，答案是③唷。選擇狂三背後的內衣款式。」

琴里說完後，畫面中的士道指向狂三的背後。

「說……說得也是吶……兩件都很可愛，但是我比較喜歡那裡的……」

依照指示指向展示在狂三背後的內衣。然後——此時士道的臉頰抽動了一下。

掛在那個地方的，是由半透明的布料所做成，看起來非常猥褻的內衣款式。

「士道喜歡這種的……？」

「不、不，該怎麼說呢……」

就在士道吞吞吐吐說話的時候，狂三將原本拿在手上的內衣放回原本的地方，然後小心翼翼地拿起士道所指示的性感內衣。

「不，狂三，不要勉強──」

「不，這是士道特地為我選擇的款式──我要試穿看看。你會幫我看看這個款式是否適合我嗎……？」

「呃，那個……好……好的……」

士道點了點頭。然後，狂三走進眼前的試衣間之後，拉上門簾。

自然而然地，演變成士道獨自一人被留在店裡的情形……總覺得周圍的視線似乎變得更加強烈。

「…………」

在一片尷尬的氛圍中轉過身。然後，此時士道的肩膀突然被人輕輕拍了兩下。

「嗯……？」

士道困惑地轉過頭去，看見眼前站立著三名少女。士道愣了一會兒，才想起對方的身分。她們是士道的同班同學──亞衣、麻衣、美衣三人組。

「嗨～嗨～五河。你怎麼會在這裡呢？女裝癖？」

「話說回來，你今天不是跟十香去水族館約會嗎？」

「咦？難道你丟下她不管嗎？你找死呀？」

亞衣、麻衣、美衣按照順序，一個接一個地開口說道。

「咦？啊，不……」

不由自主地，說話開始變得含糊不清。雖然相當在意這三人為何會知道自己與十香約定好的事……但是現在不是追問的時候。如果現在被她們撞見自己與狂三在一起的話，事情就麻煩了。

然後，看見士道的異常反應，三人突然一起瞪著士道。

「咦？真的假的？不可能吧。難道你拒絕了十香的邀約——」

「不……不是，沒有這回事！我現在正要過去！」

士道慌慌張張地搖頭否認。但是三人仍然對他投以懷疑的眼神。

「真的嗎？如果說謊的話，我可不會饒了你。我的父親是黑魔法團體的幹部。他可以幫我完成『當你被女孩子摸到時就會減少一年壽命』的詛咒唷。」

「沒錯。如果你讓十香哭泣的話，我可不會放過你！我的母親是ＳＭ的女王大人。她可以把你調教到一邊哭一邊道謝的程度唷。」

「請你做好自己會屍骨無存的心理準備！我的伯父在國外從事殺手的行業。所以我可以使用之前他送給我的生日禮物——『殺一送一優惠券』唷。」

「我才不要被那種像是紳士服折價券的東西殺死咧！話說回來，你只有殺一個人呀！」

按奈不住地大叫出聲之後，士道嘆了一口氣。

「總……總而言之，我沒有破壞與十香之間的約定，所以妳們放心——」

然後，就在此時，試衣間的門簾拉開了。

「好看嗎……？」

狂三有點難為情地摩擦著雙腳，同時展現與高中生不相稱，布料少得可憐的內衣，以及幾乎暴露在外的白皙皮膚。

「……等一下，五河？」

一瞬間，周圍的溫度驟降。

「那……那個，這是因為……」

然後——就在士道打算辯解之際，右耳響起輕快的鬧鈴聲。

緊接著，士道聽見了琴里的聲音。

「士道，時間到了唷……其實這個時候本來應該要集中注意力在狂三身上，但是如果因為遲到而讓折紙四處找你的話，那就麻煩了。所以趕快往折紙那邊移動吧。」

「就……就算妳這麼說……」

「好了，趕快過去──啊，別忘了要對狂三說一聲『好可愛』喔！」

「我……我知道了。」

士道下定決心後，壓住腹部說道：「好痛痛痛……」

「抱歉，狂三！我突然覺得有點不舒服！我去一下洗手間，請妳在這裡稍等我一下！順帶一提，那套內衣很適合妳！很可愛喔！」

士道說完後，便往前跑走了。狂三在背後說了一聲「哎呀」之後，羞紅了臉。

但是站在旁邊的三人組卻對著士道的背影，發出非常大的怒吼聲。

「給我站住呀混帳帳帳！為什麼時崎會在這裡！」

「而且還陪她挑選這種下流的內衣！你跟十香只是玩玩而已嗎！」

「現在我正在猶豫要選擇刺殺還是槍殺的方式！」

士道露出一個欲哭無淚的表情，奔跑在亮晶晶的地板上。

「抱……抱歉……折紙……我……我來遲了……！」

士道上氣不接下氣地如此說道。折紙的表情沒有任何改變，只是凝視著士道的眼睛開口說道：

「沒關係，我剛到。」

Doubt（吹牛）！

……士道努力克制想要說出這句話的衝動。折紙應該在一個小時前就來到這裡了，但是以士道現在的立場來說，是不可能會知道這件事情的。

「那……那個……今天要去哪裡？」

「看電影。」

士道的臉頰抽動了一下。若要說距離這裡最近的電影院的話──

「喂，折紙，那間電影院在哪裡……」

「天宮Quintet。」

「……說得也是吶～」

士道臉上浮現一個不自然的笑容，然後輕輕敲擊耳麥。

「嗯嗯……說得也是。有可能會和十香碰到面，所以最好避免這種事情發生。先試探一下對方願不願意更換地點吧。」

「那……那個呀，折紙，如果可以的話，能不能更換別的──」

然後，士道的話還沒說完，折紙就將一張電影票遞給士道。

「先給你。不要弄丟了。」

「……是的。」

被搶先一步了。對方都已經特地準備好電影票了，如果再拒絕的話，未免會顯得太不自然。

「……哎，沒辦法了。那裡占地遼闊，你們要前往的地點又不同，所以應該不要緊吧。」

「說……說得也是吶。」

士道輕聲回應之後，轉身面對折紙。

「那麼，我們走吧。」

折紙點點頭。並行的兩人邁開步伐往前走。

但是折紙突然用自己的手臂勾住士道的，緊緊靠了過來，讓士道不自覺地變得全身僵硬。

「那……那個……折紙……？請問妳在做什麼呢……？」

「勾手臂。」

簡單明瞭的回答。明白多說無益的道理後，士道只好在心臟怦通怦通劇烈跳動之下，繼續往前走。

柔軟的觸感不時環繞在手臂上，士道的眼神因此變得飄移不定。

感覺時間似乎過得特別慢。當兩人走過與十香過來時的相同道路，抵達天宮Quintet商圈的時候，士道覺得自己似乎會因為過度緊張而衰老一歲。

但是一進入商圈之後，不知為何，折紙立即朝著水族館的方向走過去。

「……！折……折紙……！妳……妳妳妳妳要去哪裡？電影院在這邊唷……！」

士道慌慌張張地拉住折紙的手臂。但是，折紙平靜地指著道路前方。

「距離電影上映還有一段時間。所以可以先去吃點午餐。」

「咦……？」

往折紙的手指所指示的方向看過去。在水族館的隔壁，可以看見一間裝潢得很漂亮的餐廳。

「啊，啊啊……原來是這樣呀。」

士道安心地呼出一口氣。

但那間餐廳與十香所在的水族館距離非常近，這點確實會造成很大的心理壓力。士道記得商場內應該還有其他用餐區。就在士道準備提出更換地點的建議時——就被折紙強迫性地拖走了。

「咦，奇怪……？」

就在士道發愣的期間，兩人走進了餐廳。

似乎已經有事先預約位置了。因為折紙告知名字之後，就被帶領到靠窗的位置。菜色方面似乎也早就預定好，服務生只詢問兩人要點什麼飲料，然後就離開了。

「…………」

「…………」

接下來，兩人面對面地陷入短暫的沉默。

「……開口說些話呀，士道。」

「啊……！好的……」

士道搔了搔臉頰，開口說道：

「喂，折紙，妳今天為什麼要邀請我出來約會呢……？」

士道如此說道。然後，折紙目不轉睛地凝視著士道的眼睛。

「因為我不希望今天放你一個人獨處。」

「咦……？」

皺起眉頭。但是折紙完全不理會士道的反應，繼續說道：

「約會結束之後，我希望你能來我家。」

「……！為……為什麼……？」

「然後，我希望你能暫時住在我家。」

「咦——咦咦！」

士道下意識地大叫出聲。周圍的客人紛紛對這裡投以驚訝的眼神。

但是，現在的士道卻沒有心思去注意這些小事。

「怎……怎怎怎怎怎麼這麼突然？這種事情……」

「我是認真的。」

「那……那那那那那那個……！」

目光飄移，講話也開始變得語無倫次。事實上，確實如同她所說的，折紙的眼神看起來相當認真。正確來說，士道根本無法想像折紙開玩笑的樣子。

然後，老天爺幫了個大忙。服務生剛好在此時將料理端了過來，以熟練的手勢將盤子放到餐桌上，稍微簡單說明之後，留下帳單轉身離去。

「總……總而言之，趁菜色還沒變涼之前趕快開動吧！好嗎！」

士道如此說道。折紙似乎也贊成這個提議般地點了點頭。

腦袋一片混亂的士道，沉默不語地將眼前的料理往口中送。老實說，現在的情況真讓人食不知味。

接下來，在吃完這道料理的同時，右耳聽見了鬧鈴聲。

「士道，十香現在感到很不安唷。先回去她身邊吧。你就從那邊直接走過去吧！」

士道輕輕敲擊耳麥，表示自己明白了。然後，從座位站起身來。

「折……折紙！抱歉，我去一下洗手間。」

士道說完這句話之後，經過洗手間前方通道然後走到店外。

士道在入口處出示票根，再次進入水族館。然後，在入口附近的區域發現十香的身影。她眉毛不安地皺成八字眉，彷彿在尋找某人的身影般，頻頻環顧四周。

無須多加思索也能知道她正在尋找的對象是誰。除了士道以外，別無人選。

「十香！」

看見士道走過來對自己說話，十香臉上的憂鬱立即轉變成開朗的表情。

「士道！你……你沒事吧……？」

「哦……哦哦，我沒事。」

說完後，士道拍了一下肚子。然後，十香才像是鬆了一口氣似地嘆了一口氣……士道的內心感受到一股強烈的罪惡感。

此時，十香的肚子突然咕嚕咕嚕咕嚕……傳來如此可愛的聲響。

「姆……嗚。」

十香難為情地低下頭。士道不自覺地露出苦笑。看來十香似乎是肚子餓了。

不過這也是正常的。因為現在已經中午了。

「十香，這裡只要持有票根就能再次入館。妳要不要先出去吃個東西呢？」

「嗯……要！我認為這個提議很好唷！」

士道說完話之後，十香用力地前後點頭。

「那麼現在該怎麼做呢？十香，妳想吃什麼？」

「嗯，士道想吃什麼呢？」

「呃……我嗎？我……」

士道摸了摸肚子。因為將剛剛的料理全都吃完了，所以現在肚子一點都不餓。

「不，我……現在還不餓。十香只管挑自己喜歡的食物吧。」

不過，士道說完這句話之後，十香再次露出不安的表情。

「士道……你……你的肚子還痛嗎……？果然還是聯絡琴里吧……」

「嗚……」

……似乎得再多吃一餐了。

「抱……抱歉，讓妳久等了……！」

與十香一起吃完午餐之後，暫時回到狂三身邊的士道，一邊摸著吃到很飽的肚子，一邊如此說道。

「沒關係。比起那種小事，你沒事吧？」

狂三以相當擔心士道的語氣如此說道。

順帶一提，她的手上還拿著內衣店的紙袋。

「啊啊……還好——那個，妳該不會買下那件內衣了吧……？」

「是的——因為士道說非常適合我。」

「……！」

士道突然覺得有點難為情，於是搔了搔臉頰。

彷彿要轉移話題般，士道左顧右盼地環顧四周……哎，在內衣店前面探頭探腦的舉動，看起來真的是有點可疑。

「……話……話說回來，那三個人呢……？」

「士道去洗手間之後，她們就回去了唷。」

「是……是嗎……」

嘆了一口氣。看來總算是保住腦袋了。

「對了，她們有留話給你。那個──『五河，晚點會讓你哭出來的。』」

「…………」

撤回前言。明天自己的下場應該會很慘。

然後，就在此時，狂三一邊窺探士道的臉，一邊輕啟雙唇。

「對了，士道。」

「嗯……？怎麼了？」

士道歪著頭。然後，狂三的臉上浮現一抹天真無邪的笑容，說出令人絕望的字詞。

「你應該餓了吧？」

◇

「呼……士道真是的。難得出來約會，今天卻好像很忙碌似的。」

坐在公園的長椅上，狂三輕輕嘆了一口氣。

時間是下午三點三十分。此時士道前往洗手間的次數，已經累積到第三十次。

從開始約會到現在，經過了五個小時，但是真正與士道在一起的時間卻大約只有三分之一。

「——不過，這樣也好。」

狂三將下巴抵在手掌心上，綻放出微笑。

沒錯。這都只是些無關緊要的小問題。這一切充其量只是一種過程、一種經過。

「反正到了最後——他還是會成為我的囊中之物。」

她用食指輕敲臉頰的同時，隨意哼著歌。

突然閉起眼睛，腦海中自然而然地浮現士道的容貌。

或許這種感情就是人類所說的戀愛吧？

自從知道士道的存在以後，不管是睡著還是清醒時，腦海中一直不斷浮現他的事情。

想要更加了解他。

他的興趣。

他的想法。

他的——滋味。

「——呵呵。」

笑意加深，狂三在原地站了起來。「嗯嗯！」然後輕輕伸了個懶腰。

在腦海中胡思亂想的結果是身體因此而開始發燙。所以，狂三突然想要喝點冷飲。

記得來這裡的途中似乎有自動販賣機。反正士道暫時不會回來，稍微離開一下應該沒關係吧？狂三踏著輕快的步伐橫穿過公園。

——然後……

「……？」

就在穿越公園，走到安靜的小巷子，最後來到自動販賣機之際，狂三挑了一下眉。因為難得的好心情，全被忽然傳進耳裡，令人不悅的聲音給破壞了。

「…………」

狂三沉默不語地的移動腳步，走進位於深處的小巷子盡頭。

「……哎呀哎呀。你們在做什麼？」

然後，靜靜地半瞇起眼睛，輕啟雙唇如此說道。

「……咿？」

被狂三搭話的少年彷彿受到驚訝般，肩膀顫抖了一下，接著轉過頭來。

眼前有四名人類。而且每個人都手持槍械——不過這裡是日本，所以應該是模型槍吧——並且面向小巷子的盡頭。

然後，在死胡同的最深處，可以看見一個正在蠕動的小小影子。是貓。一隻剛出生沒多久的幼貓正拖著腳步發出喵喵叫聲。

此時，狂三明白了。可能是使用模型槍進行試射吧？或是單純的發洩情緒呢？反正原因大概就是這幾種吧？狂三迅速地眯起眼睛。

「……什麼嘛，不要嚇人啊！」

「喂，怎麼了？」

「沒有啦……有個女孩子……」

直到此時，所有人才注意到狂三的存在。每個人同時看向狂三。

「啊……抱歉。這裡正在使用中。妳能到對面去嗎？」

說完後，看似要將狂三趕走般地揮了揮手。

不過，狂三往前踏出一步，露出一個迷人笑容。

「哎呀哎呀。不要這麼說嘛！我對槍枝的使用方法頗有研究唷，也讓我加入吧。」

「啊……？」

其中一名少年驚訝地凝視著狂三——然後挑了一下眉。

看來，少年終於察覺到眼前的人是名絕世美少女了。少年臉上忽然浮現一個猥褻的笑容，接著往狂三的方向靠過來。

「啊～什麼？妳也想試試看嗎？」

「是呀。請一定要讓我加入。」

「真是拿妳沒辦法啊。那麼，用這個——」

「呵呵，請你不用為我擔心——話說回來，能不能改變一下規則呢？」

聽見狂三的話，少年們露出一臉疑惑的表情。

「改變規則？怎麼回事？」

「很簡單唷——只是稍微改變一下標靶而已。」

狂三的臉上浮現一抹駭人的微笑。

◇

「唔……士道消失到哪裡去了……」

十香皺著眉頭，左顧右盼地環顧四周。

四周人潮擁擠，但是卻找不到士道的身影。

因為擔心頻頻離席的士道，所以才尾隨在他後頭。但是，當士道進入某棟沒有人影的建築物後門之後，他的身影就突然消失無蹤了。

沒錯，今天明明是難得的約會，但是士道卻一直消失不見，所以兩人真正在一起的時間其實非常短暫。

「唔……」

十香開始感到相當不滿與不安。

與士道約會，讓十香感到非常愉悅。只要兩個人一起散步、一起說話，就能讓十香幾乎快要忘卻時間的流逝。

但是，不，正因為如此——士道消失之後所引發的寂寞感，反而變得更加強烈。

然後——或許是因為正在專心思考的緣故，十香迎面撞上一名從對側走來的路人。

「嗚喔……！」

十香當場跌坐在地，然後摸著屁股站起身來。

「抱……抱歉。我走得太快了。」

「沒關係，是我走路不小心。」

十香語帶歉意地說完話之後，對方便以沒有抑揚頓挫的語氣如此回應……不知為何，這個聲音聽起來很熟悉。

「鳶……鳶一折紙！」

「……夜刀神十香！」

此時，折紙也注意到了。於是在十香大叫出聲的同時，折紙也以厭惡的語氣如此說道。

「為什麼妳會在這個地方？」

「那……那是我的台詞吧！妳在這裡做什麼！」

「我沒有義務告訴妳。」

「什——」

正打算回嘴時，十香突然改變了想法。現在不是與折紙吵架的時候。

「……算了。我現在很忙碌，沒時間理妳。」

「沒錯，我也很忙。」

「哼，雖然我不知道妳到底在幹麼，不過……」

「我必須趕快找到士道。」

「……妳說什麼？」

聽見從折紙口中說出的名字，十香皺起眉頭。

「等等。士道正在與我約會，妳不要來攪局。」

「不可能。因為他今天是與我約會。」

「妳……妳說什麼！不要說謊！」

「我沒有說謊。妳才該停止妳的妄想。」

「才……才不是妄想！我今天真的是跟士道一起來水族館的！」

「妳所說的『士道』是什麼？狗嗎？還是娃娃？」

「當然是人類的士道呀！」

「…………」

十香說完後的短時間內，折紙做出了沉思的舉動——最後才像是察覺到什麼事情似的，微微抬起頭來。

「難道說……」

說完後，折紙便丟下十香離開了現場。

「等……等一下！我的話還沒有說完呀！到底怎麼一回事！」

十香跟在後頭追了上去。

◇

「哈啊……！哈啊……！哈啊……！」

在一片侵蝕全身的疲勞感之中，士道總算抵達與狂三分別的公園長椅。

雖然每個約會地點的距離都不遠，但是士道已經在十香、狂三、折紙之間來來回回奔波三十次以上，所以身體也差不多瀕臨極限了。

然後，士道以襯衫衣袖擦拭汗水的同時，輕輕皺起眉頭。

「奇……怪……？」

「怎麼了，士道？」

「不……狂三不在這裡。」

沒錯，那張長椅上並沒有狂三的身影。

「咦？喂，攝影小組，狂三的動向呢？」

「呃，影像已經中斷了。攝影機似乎有點問題……」

「……你說什麼？」

——於是，就在琴里說話的瞬間……

「司令！雖然訊號微弱，但是附近出現靈波反應……！」

此時突然從耳麥的另一頭，傳來聽似另外一名男性船員的聲音。

「在哪裡？」

「在公園東出口附近的小巷子裡！這個反應——沒有錯，是時崎狂三！」

「……！」

士道肩膀一震，迅速地抬起頭來看向公園的東出口。

「……嗯。發生了什麼事情嗎？士道，你能過去看看嗎？」

「啊，好……」

聽見這番令人不安的發言之後，士道嚥了口口水然後橫越公園。

在〈佛拉克西納斯〉的引導之下，士道通過自動販賣機的側邊，跑向狹窄的小巷子裡。

然後……

「————啊？」

抵達目的地的瞬間……

士道驚訝地瞪大眼睛，呆站在原地。

視線所見之處，全被染成鮮紅色。

灰色的圍牆與地面，被撒滿了許多紅色。

然後，在這個範圍內，有三塊呈現扭曲形狀的東西，猶如小島般地漂浮其中。

因為眼前的景色過於陌生，所以士道在一瞬間還無法理解狀況。

不——即使經過了一瞬間、一會兒、數秒鐘……

即使自己的推測已經漸漸成形，但是士道的頭腦依舊拒絕承認眼前的狀況。

因為，這實在是過於荒謬了。

在平凡的街道中、在平凡的日常生活中……

——居然有人死在眼前。

「嗚——哇啊啊啊啊！」

事實終於戰勝頭腦的抵抗。

士道發出了慘叫聲。

「士道！冷靜一點，士道！」

琴里的聲音振動著士道的鼓膜，但是所說的話卻無法傳遞給他。

頭腦在認清事實的那一瞬間，飄散在周圍的異樣臭味也襲向鼻腔，讓士道忽然覺得一陣反胃。為了壓抑吃太多的午餐從胃部湧上喉嚨的感覺，士道下意識地掩住嘴巴。

「……！嗚……！」

「——哎呀？」

聽見聲音，士道往上看。在很紅、很紅的紅色海洋中央，有一名黑色少女佇立其中。

「……士道，你來了呀！」

身穿紅、黑相間靈裝的狂三，回頭看向士道並且如此說道。左上則握著不知從哪裡出現、裝飾得相當細緻的舊式手槍。

然後——就在此時，士道注意到另外一件事情。

小巷子的深處，有一名全身不斷發抖的男性正癱坐在地上。

那是一名年輕男子。不知為何，他的腹部被人用血跡畫了三個同心圓，看起來就像是射擊標靶。

「咿——！咿——！」

男人猶如瀕死般地拚命大口呼吸，同時看往士道的方向。

「請……請救……救……我……！什……這傢伙是……怪物……！」

「哎呀哎呀。」

狂三臉往男子的方向轉回去，然後將原本拿在手上的手槍對準男子。

「狂三……！妳……想做——」

陷入半呆滯狀態的士道，努力從喉嚨擠出聲音來。然後，狂三嘻嘻笑了起來。

不是平時那種惹人憐愛的微笑。而是光是聽見聲音，就會讓人牙齒打顫的駭人笑容。

「明明想要殺死某種生物，卻沒有做好自己也會被殺死的覺悟，你不覺得這種心態很奇怪嗎？所謂的將槍口對準生命，就是這麼一回事唷！」

「……住……手……」

就在男子奄奄一息地開口說話的瞬間……

狂三毫不猶豫、毫無遲疑地扣下扳機。

瞬間，看似由影子凝聚而成的漆黑子彈從槍口射出，畫出純黑軌跡並且射進畫在男子腹部的標靶中心。

「咿咕——」

男子的身體彈跳了一下。然後，男子就沒有再發出任何聲響了。

「一百分唷。」

短短地嘆了一口氣之後，將槍枝丟在原地，然後那把槍便消失在狂三的影子之中。

「久等了，士道。讓你看見這種場面，真是不好意思呀。」

狂三轉頭看往士道的方向。

「——道！士道！快跑！快點逃跑呀！」

此時，士道才察覺到琴里一直透過耳麥傳來的叫聲。努力站起身來，控制不斷發抖的雙腳逃離現場。

但是……

「呵呵，不……行……唷！」

「嗚哇……！」

後方才剛剛響起狂三的聲音，士道的腳就突然踉蹌了一下，身體狠狠摔向地面。由於事出突然，頭部因此挨了一記重擊。

「……！」

一股讓人眼冒金星的痛楚，讓士道痛到皺起臉孔。但是，現在不是停下腳步的時候。必須儘快逃走——但是，右腳卻好像被什麼東西束縛住，讓士道在原地動彈不得。

白色的手從狂三的影子裡伸出來，緊緊握住士道的腳。

「這……這是……什麼……！」

仰過身子來，手忙腳亂地想要掙開束縛。但是白色的手還是以與外表不相符的驚人力量緊緊勒住腳踝，讓士道無法脫逃。

就在此時，狂三慢慢地逼近到士道面前。

「呵呵，抓到了。」

說完後，狂三露出一抹微笑，跪在士道身旁，接著以像是要覆蓋在士道身上的姿勢靠過來。

「……！」

心臟感受到一陣揪心的痛楚。原因並不是狂三的美麗容貌與大膽的舉動——而是由純粹的恐怖所引起的。

沒錯。士道現在——覺得狂三……覺得精靈非常可怕。

摧毀世界的災難。人類的天敵。

在言語上聽過無數次的字詞。

折紙曾經不斷重複、次數多到幾乎要使人生厭的台詞。

這一些字眼伴隨著強烈臭味，深深刻劃進士道的腦隨中。

「——啊啊……啊啊，失敗了呀。失敗了呀。我應該早點處理完的——我還想跟士道繼續快樂地約會呢。」

狂三的手爬上臉，緊緊包覆住士道的雙頰。

「……！……」

想要逃跑，想要放聲大叫。

但是，士道卻做不到。腳部開始痙攣，喉嚨只能發出掠過喉間的喘息。

狂三逐漸靠近士道的臉。

不過比起接吻，狂三的舉動看起來更像是要咬住自己脖子般——

「……呃……？」

──就在此時，士道終於從喉嚨發出聲音來。

就在狂三的嘴巴幾乎快要碰觸到士道之際，士道的全身上下突然被一股相當奇特的感覺所包覆。

從沒體驗過的，相當不可思議的感覺。簡直就像是士道四周的空氣全都變化成高黏度液體，而這些液體彷彿擁有自己的意志，不斷地來撫摸士道的皮膚表面。感覺非常奇妙。

然後，下一瞬間……

「──────！」

伴隨著短暫的喘氣聲，狂三的身體忽然輕飄飄地被吹向後方。

水泥材質的圍牆被纖細的四肢撞上之後，產生細微的裂痕。

「什──」

士道完全不知道發生了什麼事情，只是驚訝地瞪大眼睛。這到底是怎麼回事──

「──你沒事吧，哥哥？」

然後，就在士道為了理解狀況而努力沉思的時候，突然聽見了這個聲音。

「啊……？」

擠出錯愕的聲音之後，抬起頭來。

不知何時出現，如今身上穿著接線套裝的真那，彷彿正在守護士道般地背對著士道佇立在原地。肩膀上裝備著既像盾又像羽毛的配件。與昨天士道在影像中所看見的裝備相同。

「真……那……？」

士道以沙啞的聲音呼喚那個名字之後，真那看著士道，說了一聲「是的」並且點點頭。

「真是千鈞一髮呀。您沒什麼屁事吧？」

「啊，沒事……」

士道一臉驚訝地發出聲音。真那看見他的反應之後，低頭檢視自己裝扮的同時，難為情地搔了搔後腦杓。

「啊啊……會感到驚訝也是正常的。該怎麼說呢，這是有原因的。」

此時，忽然從前方傳來細小水泥碎片掉落地面的聲響。

「……哎，晚點再解釋吧。」

就在真那說話的同時，狂三慢慢地站起身來，輕啟雙唇。

「哎呀哎呀……居然打斷我與士道的相會，妳不覺得自己太失禮了嗎？」

「囉唆！居然敢偷襲別人的哥哥，妳打的是什麼主意？」

真那說完後，狂三驚訝地睜大眼睛。

「真那與士道是兄妹嗎？」

「……哼，不關妳的事。」

真那語氣不屑地說完話以後，輕輕轉動脖子。裝備在肩膀上的零件，配合這個動作往前傾並且開始變形。最後，零件的前端像手掌一樣分裂成五個部分。

接下來，左右合計共十個數量的前端部分，開始發出青白色的光芒。

「乖乖受死吧！〈夢魘〉！」

說出這句話的同時，真那彈了一個響指，然後雙肩的零件便瞄準狂三射出了十道光束。

這其實只是一眨眼的事情。但是，狂三卻迅速地轉過身，以華麗的姿勢躲過光線的攻擊。

「呵呵，好危險吶。」

「——嘖！」

真那不悅地彈了個舌，輕輕動了動手指。

然後，被狂三躲掉的光線突然改變前進路線，再次朝向狂三射過去。

「咕嗚……！」

即使是狂三也無法躲過這一擊。雙腳與腹部被光線貫穿的狂三發出了奇特的悲鳴聲，當場癱倒在地上。紅色鮮血逐漸在地面蔓延開來。

「……！」

看見這副悽慘的景色，士道不禁皺起眉頭。

「別再掙扎了，妳這個怪物。」

真那面無表情地輕輕舉起右手。接下來，猶如手掌般攤開來的零件再次變回盾的形狀，然後從前端出現一把巨大光劍。

「——！」

士道屏住呼吸。

士道看過那個型態。那是在影像中，致狂三於死地的那把劍。

「真……那……！」

下意識地，士道開口說道。

「什麼事？我馬上就能解決掉她了，請你稍待一會兒。」

「不……行！不能殺——！」

士道說完後，真那一臉不可思議地睜大眼睛。

不過隨即又垂下眼睛，搖頭拒絕。

「……話說回來，這個女人是以人類的身分轉學到哥哥的班級裡吧？哥哥，雖然我不能告訴你詳情，不過請你忘了這個女人吧。這個女人並不是人類。不能讓她存活於世上。」

說完後，真那朝著倒在地面上的狂三的方向走了過去。

「……！不是這個問題！住手！拜託妳住手……！」

士道苦苦哀求地說道。然後，從喉嚨間不斷洩漏出「咻～咻～」聲響的狂三，以有氣無力的

聲音開口說道：

「……呵……呵……果……然，士道……是個……溫柔的……人。」

——真那在此時舉起劍朝著狂三砍下去。

啾！發出一陣令人厭惡的聲響之後，狂三就再也沒有說話了。

「呼！」

真那輕輕揮揮右手。於是，裝備在手上的零件立即回到肩膀。

「為什……麼？」

看著真那的背影，士道以顫抖的聲音提出疑問。

真那輕輕嘆了口氣，轉身朝著士道的方向走過來。此時，原本穿在身上的接線套裝突然發出淡淡光芒，然後在下一瞬間變回普通服裝。

「看見朋友死在自己面前，或許你會覺得打擊很大。但是，哥哥，如果不殺死那個女人的話，被殺死的人將會是哥哥唷。」

「………」

被真那這麼一說，士道無言以對。

「為了你好，你就將今天的事情當成一場夢，趕快給我忘了吧。不要為了那個女人而心痛。那個是本來就該死、不該存活於世的東西。」

聽見真那的話，士道下意識地握緊拳頭。

「嘖！我知道AST的主張……！我也很感謝妳剛剛救了我！但是……但是，怎麼可以只因為具有精靈身分，就這樣說她……」

真那驚訝地皺起眉頭。

「……哥哥，你怎麼知道這些事？」

「……」

士道的眉毛微微顫抖了一下。這麼說來，真那似乎還不清楚自己其實知道精靈與AST的事。

但是，經過數秒之後，真那像是突然理解般地抱起雙臂。

「……應該是……鳶一上士告訴你的吧。真的是，因為那個人……特別寵溺哥哥呀。」

真那無奈地嘆了口氣，然後再次將視線落在士道身上。

「既然如此，那就好講話了。雖然我不知道你了解多少，不過總而言之，就是這麼一回事。」

真那以不帶任何感情的語氣如此說道。

看見真那的模樣，士道突然感覺到一陣恐懼。

「為什麼……妳可以這麼鎮定呢？妳……剛剛……殺了……人、」

不知道是不是因為猶豫著該不該說出那個字的緣故，喉嚨感到一陣刺痛。不過，士道還是勉強自己發出聲音。

「妳——殺了……人耶……！」

「那不是人。是精靈。」

「就算是這樣……！為什麼妳能無動於衷——」

「因為我習慣了。」

「……！」

真那在說出這句話時，語氣異常地冷漠。士道不禁屏住呼吸。

「〈夢魘〉——時崎狂三在精靈中是相當特別的存在。」

「特別……？」

真那說了一聲「是的」，然後點點頭。

「她不會死唷。不管殺死幾次、不管使用什麼方式，她都能平安無事地再次出現在某處，並且再次殺害人類。」

「……！妳……妳說什麼？那種事……」

話雖如此——但是士道馬上就接受了這個說法。因為這個解釋與士道昨天看見的影像不謀而合。

「事情就是如我所說的那個意思。我無法再為你多做說明。」

真那輕輕嘆了口氣，稍微抬起下巴。

臉上浮現好像老了好幾歲般的疲憊神情。

「──所以。我會繼續追殺她。追殺那個女人。追殺〈夢魘〉。追殺時崎狂三。持續不斷地追趕她，不斷重複、不斷重複、不斷重複……」

真那看似疲憊不堪地繼續說道。士道的表情變得扭曲。

「不對……！」

「咦？」

「這樣──才不叫作『習慣了』。而是妳的心靈……已經開始日漸磨損了！」

士道說完後，真那微微皺了一下眉頭。

「你在……說什麼呀，哥哥？」

「停止吧，真那……妳說妳是我的妹妹吧？既然如此……妳答應我一件事。照我的話去做吧……！」

士道努力地從喉嚨擠出猶如祈禱般的話語。

這絕對不是自己的妄想。心靈承受太多負荷的話，就會漸漸開始磨損──如果長期處於這種狀態，最終心靈將會枯萎而無法恢復原狀。

——如同士道被母親丟棄時的狀況一樣。

——如同以前被敵意與殺意包圍的十香的狀況一樣。

「……不行唷，哥哥。」

但是，真那卻以自嘲的語氣如此說道。

「只要〈夢魘〉還會死而復生並且繼續殺人的話，我就必須將那個女人的頭摘下來。如果不這麼做，那個女人就會殺死更多、更多的人——只有我能做這件事情呀。」

「…………！」

——不對……還有其他方法。

但是，士道的話還沒說出口，真那就將臉轉向右上方。

「——嗯，哥哥。今天就到此為止吧。」

「什……話還沒說完……」

「支援部隊已經來了。如果哥哥繼續待在這裡的話，事情可能會變得很麻煩唷。」

真那半強迫性地讓士道轉過身，然後從背後推著士道。

「真那，妳——」

「真是不聽話呀。」

真那一邊苦笑一邊豎起手指。然後，士道的身體突然輕飄飄地飄浮起來。

「什——這是……」

沒錯。這是AST使用顯現裝置所展開的隨意領域。

但是真那卻在沒有穿上CR-Unit的狀態下，展開了隨意領域。

「再見了。希望下次可以在擁有充裕時間的情況下見面……」

「等——」

話還沒說完，士道的身體就被吹到小巷子外——然後輕輕落地。

「……」

即使AST隊員在場也無所謂。士道打算立刻返回原來的巷子。

但是，士道卻無法做到。因為巷子的出入口被一道隱形的牆壁堵住，所以士道無法繼續往前走。一定是真那搞的鬼。

「……——」

士道當場跪下來，握起拳頭，以幾乎要使人流血的力道重擊地面。

「……啊～」

將士道移動到小巷子外面的真那，胡亂搔著頭。

告訴士道太多事情了。這樣一來，自己根本沒有立場指責折紙。

但是……為什麼自己會希望將這些事情說給士道聽呢？

「這明明只是日常工作而已。」

將視線落在悽慘地橫屍在巷子盡頭的〈夢魔〉——時崎狂三的遺體上。

然後……不知從哪裡出現了一隻小貓，一邊拖著後腳走路，一邊靠近狂三的遺骸。

覺得相當不可思議的真那，蹲下來撫摸牠的頭。小貓以細微的聲音喵了一聲。

「喂，待在這裡的話，會被血弄髒唷。」

說完後，真那抱起小貓。然後，真那再次看向狂三的遺骸。

「……為什麼……嗎？」

將士道剛剛說過的話說出口。

這麼說來，真那到底是為什麼——要持續不斷地殺死狂三呢？

狂三是連續殺人的最邪惡精靈；真那擁有將顯現裝置應用到淋漓盡致的素質。所以真那應該運用這股力量為人類效力……本應……如此……才對，但是……

「……！」

腦袋突然一陣劇痛，真那皺起臉孔。曖昧的記憶，讓自己想不起任何事情。

真那輕輕搖了搖頭，想要驅趕頭痛帶來的不適。然後——

「嗯……？」

真那突然在地面發現一個不可思議的東西。有個看似小型機械般的東西，剛好掉落在士道被狂三襲擊的場所附近。

真那撿起那個東西，仔細端詳。

「這是……耳麥……嗎？」

沒錯，那個東西看起來像是配戴在耳朵上的小型通訊器。

「為什麼這個東西會……」

百思不得其解。真那下意識地將右耳貼近耳麥。然後……

「——士道！快點回答我，士道！〈佛拉克西納斯〉會去接你！快點移動到別的地方！」

「…………？」

真那聽見了耳熟的聲音正在呼喚自己哥哥的名字。

◇

士道搖搖晃晃地走到公園的長椅，然後全身無力地坐在椅子上。

「…………」

剛剛發生在眼前的事情不斷在腦海中打轉。

狂三……殺了人，以及真那……殺死狂三的景色。

其實士道可以理解這種事情。十香與折紙兩人間——嚴格來說，也是這種關係。

只是十香對人類沒有殺意，

而折紙沒有殺死精靈的能力。

無法否認的，經過了這兩個月，十香已經習慣了這個世界，而士道也稍微降低了緊張感。

但是只要出現些微改變，這個平衡就會瓦解，剛剛的情景將很有可能會在眼前重現。

擁有殺意的十香，

以及擁有殺死精靈力量的折紙。

狂三與真那——簡直就像是選擇了最壞可能性的十香與折紙。

「什麼嘛……那種事……！」

一切的一切，都讓人無法接受。

為什麼，狂三能如此輕易地殺死人類？

為什麼，真那能如此輕易地殺死狂三？

腦袋中還留有天真的想法。即使口頭上大喊危險，但是依舊充滿私心地認為「精靈一定都是像十香與四糸乃那樣的好人」。最後，產生ＡＳＴ根本無法殺死精靈的傲慢想法……

然後……

「士道！」

聽見熟悉的叫喚聲，士道迅速地抬起頭來。

看見十香往士道的方向跑過來。一定是因為士道遲遲沒有回去的關係，所以才會跑出來尋找他吧。接著，她的身後出現了折紙的身影。兩人應該是在途中碰面的吧。

「士道，你到底跑去哪裡了！」

「──這到底是怎麼回事？」

走到士道面前的十香與折紙，以不悅的語氣如此說道。

但是，現在的士道已經沒有心思多做狡辯。

「……抱歉。」

從喉嚨擠出這句簡短的道歉之後，士道再次陷入沉默。

「……士道？」

「怎麼了？」

或許是察覺到不對勁，十香與折紙擔心地窺探士道的表情。

「士道，你受傷了！」

然後，十香握住士道的手。

因為接連不斷地發生許多衝擊性的事情，所以士道一直沒有察覺到手心處確實有個看似擦破皮的傷口。應該是被抓住腳然後跌倒在地時所造成的傷口吧。

但是，就在十香碰觸到自己手的那一瞬間，狂三沾滿鮮血的容貌突然閃過腦海中——

「咿……！」

從喉嚨發出聽似喘不上氣的聲音，士道揮掉十香的手。

「咦……啊，士道……？」

十香露出目瞪口呆的表情，交互看著自己的手與士道的手之後，將視線落在士道身上。

「對……對不起……很痛嗎？」

「……抱……歉。」

士道微微低下頭，用另一隻手握住正在微微顫抖的手。

十香明明是在擔心士道，但是自己卻拒絕她的好意。士道覺得這樣的自己真是可悲到令人想哭的地步。

「抱歉……真的……很抱歉。」

「你……你不用這麼介意。到底發生了什麼事情……？」

「……抱歉……！」

士道說完這句後便站起身來，逃離了現場。

「士……士道！」

「你要去哪裡——」

從後方傳來十香與折紙的聲音。但是，士道並沒有停下腳步。

她們兩人並沒有追上來。

然後——不知道跑了多久一段距離。

當士道跑到沒有人影的道路時，身體突然被一股奇妙的飄浮感所包覆。

「……這是——」

士道記得這個感覺。這是〈佛拉克西納斯〉的傳送裝置。

如自己所預料的，一瞬間後，士道眼前的景物已經從沒有行人經過的公園一角，轉換成〈佛拉克西納斯〉的內部。

「——幸好你平安無事。」

然後，從士道的背後傳來這樣的聲音。轉過頭去，看見肩膀披著深紅色軍服的琴里，臉色凝重地站在那裡。

「……琴里。」

「你終於移動到可以傳送的位置了。我呼喚你好多次了唷。」

被琴里這麼一說，士道才伸手摸了摸右耳，然後睜大眼睛。

「……耳麥……不見了。」

沒錯，原本執行任務時，一直會配戴在士道右耳的耳麥消失了。似乎是掉落在某個地方了……士道直到現在才注意到這件事情。

「掉了嗎？什麼時候掉的？」

「……抱歉，我不清楚。」

士道如此回答。然後，琴里輕聲嘟囔了幾句後，將手抵在下巴。

「……如果按照常理來推斷，應該是被狂三襲擊的時候……？那麼剛剛的聲音——」

「怎麼了嗎……？」

聽見士道的提問，琴里輕輕嘆了口氣，搖了搖頭。

「沒什麼——先幫你治療傷口吧。跟我過來。」

「……啊啊……但是，十香與折紙——」

「等到十香落單時，〈佛拉克西納斯〉會將她接上船，並且簡單地向她解釋事情的經過。至於鳶一折紙——哎，放任她不管應該也無所謂吧。明天到學校時再補救吧。」

「是……嗎……」

士道有氣無力地做出回應之後，跟在琴里後頭行走。

「……喂。」

途中，士道對著琴里的背影開口說話。

「什麼？」

「我——我們所做的事情，真的是正確的嗎……？」

迴響在通道上腳步聲嘎然停止，琴里將銳利的眼神投往士道的方向。

「你這句話……是什麼意思？」

「……我是因為……不允許人類蠻不講理地攻擊那些無意引發空間震的精靈，所以才願意幫助你們。」

「……是的，沒錯。」

「但是……狂三卻殺了——」

殺了人類。不是空間震，而是用自己的手、自己的意志。

這一點，讓士道感到相當悲傷與害怕。

「你到底想說什麼？」

「我……做不到……」

士道——終於說出了這句話。

「以前能順利完成任務的原因，是因為十香與四系乃剛好是心地善良的精靈……結果……我最後還是什麼都——」

此時，士道不再發話——正確來說，是被打斷了發話。

因為琴里揪住士道的衣襟，用力地甩了士道一個耳光。

「呃，啊……」

「……真是個沒毅力的傢伙呀……！」

當士道呆愣在原地之際，琴里皺起臉孔，如此說道。或者該說，那個表情其實比較接近於泫然欲泣也說不一定——但是，現在的士道已經無法分辨了。

「『我……做不到……？』哼，不要因為一點小事情就發牢騷！以前的你明明就很有膽量不是嗎……！」

「妳在……說什麼——」

無法理解琴里所說的話，士道一邊按住臉頰一邊提出反問。

但是，琴里沒有回答這個問題，只是繼續揪住士道的衣襟。

「你……你不是遇過更可怕的精靈嗎！你不是成功拯救了她嗎！不要隨隨便便就說自己做不到。如果連你都放棄的話，狂三將會殺死更多人呀。真那與狂三——將會繼續扼殺自己的心靈呀！只有你——有辦法阻止她們……！」

「……呃——」

聽完琴里的話，士道吞了一口口水。

雖然不明白琴里所說的「更可怕的精靈」指的是十香還是四糸乃——但是那些話的後半段，

卻迅速地烙印在腦海中。

沒錯。如果被殺死後又復活的狂三持續殺人，真那就必須殺死狂三。

真那曾經這麼說過。那是從很久以前就不斷重複的事情。

然後，從今以後……這件事情依舊會繼續重複發生吧——除非，狂三喪失精靈的能力。

然後，能夠封印精靈能力的人，只有士道。

「…………」

士道沉默不語地用手扶住額頭。

不希望狂三繼續殺人。

還有——不希望真那殺死狂三。

沒有任何虛假，這都是士道的真心話。為了實現這個心願，士道必須採取的行動是什麼呢？

答案已經了然於胸。

「……說得也是。」

說完後，踩著搖搖晃晃的步伐向前走。

「啊，等一下……！」

然後，琴里慌慌張張地追了上去。

「……為了不讓狂三繼續殺人，就必須封印她的力量才行。為了不讓真那繼續殺死狂三……

所以只好由我來動手。我明白了……這樣妳滿意了吧？」

「…………嗯。」

不知為何，琴里的聲音中，透露出一絲絲的不安。

◇

當天晚上。士道橫躺在客廳的沙發上反覆思索。

「…………」

呆呆凝視著裝置在天花板上的電燈泡光芒，同時細細長長地嘆了一口氣。

明天狂三一定會來上學吧。

如此一來，自己也將再次執行任務。

提昇狂三的好感度、跟她接吻、封印力量。

只要這麼做，就能解決所有問題。

狂三不會繼續殺人，如此一來，自然而然地，真那也不用再殺死狂三。

這是士道所認可，並且能實現十全十美快樂結局的唯一方法——不過……

「…………」

彷彿有重物壓在身上般，全身沉重無力。士道從肺部呼出憂鬱的空氣。

然後——就在此時，從走廊的另一側傳來玄關門被打開來的聲響。

「嗯……？」

士道撐起沉重的身軀，往客廳的出入口方向看過去。

能不按門鈴直接進入家裡的人……正常來說應該是琴里吧？但是，琴里說過今天會留在船上處理公事。既然如此——那會是誰呢？

就在士道思考這些事情時，客廳的門被打開，十香小心翼翼地探出頭來。

「十香……？」

「……嗯。我可以進去嗎？」

都已經進入別人家裡才問這種話，順序上似乎有點顛倒了——不過這些細節就先暫時擱置到一旁吧。

「哦……哦哦，當然可以。」

十香輕輕點頭進入客廳，然後走到士道身旁。

「士道……我可以碰你嗎？」

已經距離士道非常近了，不過十香還是特地問了這個問題。或許是因為十香還相當介意之前在公園被揮掉手的事情吧。

「啊……啊啊，可以唷。」

士道如此回答。十香爬到沙發上，然後擠到沙發與士道之間。

「妳在做什麼……？」

「不要問，安靜點。」

十香說完後，將手繞過士道的身體，從後方緊緊抱住士道。

「十……十香？這……這到底是……」

感受到緊貼在背後的柔軟觸感，額頭冒出汗水的士道如此說道。

「……嗯。因為電視上說感覺寂寞或是心裡覺得害怕時，這麼做的話就能讓人舒服一些。」

「……順便問一下，妳所說的是哪個節目呢？」

「我記得是……《跟媽媽一起這樣做》。」

真是無與倫比的兒童節目呀。士道不自覺地露出一抹苦笑。

不過，這個說法似乎是正確的。士道確實因此而冷靜下來了。

就這樣，不知道經過了多久的時間。十香突然輕啟雙唇說道：

「……令音呀，將事情告訴我了。」

「什麼事情……？」

「狂三以及真那的事情。因為我詢問有關士道反常的理由——所以她就告訴我了。」

「……是……是嗎……」

士道嚥下一口口水之後，說出這句話。

令音其實並不願意讓十香知道有關精靈與ＡＳＴ的事情……所以她會這麼做的原因一定是因為如果不告訴十香的話，十香的精神狀態將會變得不穩定吧。

「士道。你還記得我之前住在你家的時候，曾經跟你說過的話嗎……？」

「咦……？」

士道提出反問之後，十香繼續說道：

「如果還有與我相同的精靈出現的話……請你一定要救她。」

「啊啊——」

士道輕輕點了點頭。那句話，士道記得相當清楚。

沒錯。士道在當時答應了十香的請求。當初的那份心情沒有半點虛假，直到現在，那份決心也不曾動搖。

「但是，狂三是……」

「——她跟我一樣。」

「咦？」

十香將臉貼緊士道的背部。

「……我……身邊有士道的陪伴。士道拯救了我——但是，狂三卻是孤獨一人。她所經歷過的沒有任何人對她伸出援手的時間，甚至比我還要久。」

十香用力收緊手臂，力道大到幾乎要使人發疼的地步。

「如果沒有士道，如果讓我維持兩個月前的狀態，不斷、不斷地處於殺意與敵意之中的話——我或許會變得跟狂三一樣也說不一定。」

「怎……怎麼可——」

話才說到一半，士道便停止說話了。

雖然現在相當難以想像，但是兩個月以前，初遇士道的十香其實非常頹廢。對於永無止盡的戰爭感到厭倦、憔悴、疲憊，心靈瀕臨即將崩潰的危機。

非當事人的士道，當然沒有權力輕而易舉地界定那份絕望。

「如果狂三真的是——無可救藥的邪惡精靈，我會守護士道的。」

「咦……？」

「所以……士道。拜託你。請你再次正視狂三的問題。請你阻止狂三繼續殺人。請你拯救她即將枯萎的心靈……」

「…………！」

聽完這番話，士道吞了一口口水。

——啊啊，終於……理解了。

士道非常討厭狂三殺人。

也絕對不容許真那殺死狂三。

為了終結這種輪迴，所以士道決定阻止狂三。

但是，士道卻忽略了非常重要的一個環節。

「……謝謝妳，十香。」

「姆……嗯？為……為什麼？不需要向我道謝——」

「……不，都是託妳的福。」

沒錯。士道必須親吻狂三並且封印她的力量，但是士道目前所考慮到的卻只有被狂三殺死的人們，以及真那的事情。

因為目擊到過於駭人的景色，所以士道完全忘記了「拯救狂三」這種理所當然的事情。

狂三確實是殺死許多人類的精靈。她犯下無論做出什麼補償都無法被原諒的罪。

但是……

封印十香力量的時候，士道是真心希望能拯救十香。

希望自己可以幫助這位遭受人類無理追殺的少女。

封印四糸乃力量的時候，士道是真心希望能拯救四糸乃。

士道不相信這位即使遭受攻擊卻還是為敵人著想的少女無法獲得救贖。

所以，士道才能採取行動。

的確，士道擁有超乎常人的回復能力，以及封印精靈力量的能力。

但是士道畢竟只是名體格、臂力、頭腦都與正常人無異的男高中生。能夠讓他歷經千辛萬苦也要達成目的的動力，正是那份專心一志的意念。

拯救狂三。

救出那名被屠殺的鎖鏈與輪迴所囚禁的少女。

還有——真那。

絕對不讓那名自稱是士道妹妹的少女再次殺死狂三。而且，絕對不讓她的心靈繼續磨損下去。

是妄想也好，是空想也罷。

因為如果不秉持這樣的信念，士道根本無法伸出援手。

「——十香，我沒事了。」

「唔……已經……不再寂寞了嗎？」

「是的。」

「已經……不再害怕了嗎？」

「……這個嘛，還是會覺得有點可怕啦。」

士道露出苦笑，搔了搔臉頰。

「不過，沒問題的。」

「嗯……是嗎。」

十香說完這句話之後，放開環住士道身體的手。

士道迅速地站起身來，輕輕伸了一個懶腰。同時，肚子響起「咕嚕」一聲……這麼說來，自從在路邊吐光午餐的食物之後，士道就沒再吃過東西了。

「……做點東西來吃吧。十香，妳要吃吧？」

「嗯！」

十香精神奕奕地點點頭。

第五章　虛構的惡夢

「令音。」

琴里在〈佛拉克西納斯〉的艦橋中，呼喚坐在距離艦長席相當近的令音的名字。

但是，沒有得到回應。察覺到異樣的琴里看了看令音手邊的東西——然後微微歪頭。

令音手邊的螢幕中，不知為何正播放著被放大好幾倍的真那的臉部特寫。然後，令音盯著那個畫面，一反常態地露出嚴肅神情。

「令音？真那有什麼問題嗎？」

「……！」

令音似乎直到現在才察覺到琴里的存在，裝飾著黑眼圈的眼睛看向琴里。

「……琴里嗎？嗯，有點不對勁吶。」

說完後，以熟練的手勢操作中央控制台。於是畫面立刻被拉遠，真那的臉部影像也漸漸地變小。

「……比起這件事情，小士的情況怎樣？」

「嗯——雖然還是有些不安，不過與十香談過之後，似乎已經不再迷惘了。」

「……是嗎。」

令音輕輕點了點頭之後，突然抬起頭來。

「……啊啊，對了。妳拜託我做的分析已經完成了唷。」

聽見令音的話，琴里挑了一下眉毛。

因為琴里將前幾天收集到的真那的毛髮與唾液轉交給令音，請令音幫忙做DNA鑑定。

「那麼……結果如何？」

「……嗯，真那確實是小士的親妹妹。」

「——是……是嗎……」

琴里嚥下一口口水，伸手按住胸口。

雖然有預料到結果會是如此……但是琴里的內心果然還是產生了些許的動搖。

「親……妹妹……嗎？為什麼那個女孩會成為AST……」

「……不。」

令音出聲打斷琴里的話。

「……我稍微調查了一下，正確來說，她並不是AST。」

「什麼意思？」

「……她原本就不是自衛隊員，而是從DEM Industry調派到AST的員工。」

「──DEM(Deus Ex Machina)（註：Deus Ex Machina為拉丁語，英譯為「God from the machine」，中文為「機械之神」之意。）公司……？」

DEM Industry公司。

總公司設置於英國，世界首屈一指的大企業──如果去除〈拉塔托斯克〉組織本體的話，這家企業就是世界上唯一有能力製造顯現裝置的公司。包括自衛隊AST以及全世界軍警所祕密裝備的顯現裝置，都是DEM公司所製造的。

這間公司對於狩獵精靈的事情採取相當積極的態度，因此可以說是琴里一行人所隸屬的〈拉塔托斯克〉的競爭對手。

當然，該公司旗下也擁有能夠操控CR-Unit的巫師──據說他們的熟練度甚至遠遠超越了各國的特殊部隊隊員。

「等一下。我有點搞糊塗了。士道的妹妹為什麼會在DEM擔任巫師呢？」

「……這一點還不清楚。但是……」

令音停頓了一會兒之後，緊緊咬住牙齒，彷彿氣到發抖般地握起拳頭。

琴里驚訝地皺起眉頭。儘管已經認識多年了──但琴里是第一次看見這樣的令音。

「到底發生什麼事情了？」

「……請妳看看這個。」

說完後，令音操控中央控制台，讓畫面顯示出真那的照片以及詳細數據。

「這……這是──」

「……沒錯，她全身上下都有經過魔力處理。這就是為何她擁有異於常人的強大戰鬥力的原因……但是，她所要付出的代價也很高。她恐怕只剩下十年左右的壽命而已吧。」

「──這是怎麼回事──」

琴里氣憤地低聲呢喃。

DEM公司所製作的顯現裝置原本就不是完美無瑕的裝備。由於演算核心的處理性能還不夠快速，所以必須藉由人腦來補強。

因此為了讓腦波增幅，必須利用外科手術將一個小零件植入腦袋中。包含折紙在內的AST隊員們，都可以在頭部發現一個被頭髮所遮掩，如角一般的突起物。

但是──真那的身體卻遠遠超越這個程度。

身體的某些部分……幾乎可以說是已經處於與精靈相同的狀態了。

「……雖然我不知道她是抱持著什麼樣的決心接受這種改造。但是……最好還是……先不要告訴小士吧。」

令音以沉重的語氣如此說道。琴里嚥下一口口水，緊咬嘴唇。

◇

隔天早上，士道一走進教室便看見狂三坐在自己位置上的身影。

明顯的異常。雖然已經有過經驗，不過果然還是會感覺到不自然——理應身亡的少女，表現出一臉若無其事的樣子來上學。

發現士道的身影時，狂三隨即露出一個沉穩的微笑，然後低頭鞠了個躬。

「哎呀，士道。你好呀。」

與昨天相比，她的模樣看起來沒有任何改變。

如果告訴別人這名少女昨天在小巷子裡被人毀掉雙腳、射穿腹部、切斷脖子的話，別人一定會擔心士道的頭腦是不是出問題了吧？

「……哦，早安。」

士道並未表現出震驚的樣子。因為這是預料之內的事態。所以士道平靜地向狂三打招呼。

「昨天玩得好高興呀。請你一定要再次約我出去玩。」

「是……嗎？玩得很高興……嗎？」

「是的，非常愉快。」

狂三再次綻放微笑。她說的是與士道的約會?還是發生在小巷子裡的事呢?士道無法判斷。看不出來是否有察覺士道想法的狂三,在臉上堆起可愛的笑容繼續說道:

「不過,我有點驚訝呢。」

「……?對什麼事情感到驚訝?」

聽見士道的反問之後,狂三微微瞇起眼睛。

「因為我一直以為士道今天會請假呢。」

一瞬間,士道不知該如何回應。不過,重新思考之後,士道開口說道:

「那真是……抱歉呀。我應該請假嗎?」

「不,我很高興士道有好好地來上學唷。」

露出一個無憂無慮的笑容,狂三如此說道。

士道輕拍胸口壓抑內心的悸動,然後走到狂三的正前方。

「——狂三。」

「什麼事?」

「我——決定要拯救妳。」

「……?拯救?」

士道說完這句話,發現狂三的表情在瞬間變得冰冷。

「……你說了好奇怪的話吶，士道。」

「妳可以停止那種說話方式了——我不會讓妳再次殺人。我不會讓真那再次殺了妳。這是我昨天所做出的結論。」

「請你不要將你的價值觀強加在我身上好嗎？我討厭天真的理想論。」

「是嗎，真是可惜——但是，我已經下定決心了。我將會拯救妳。不管要做什麼事情，絕對都要拯救妳！」

聽見士道的話，狂三皺起眉頭。

但是，沉思了一會兒之後，狂三輕啟雙唇：

「——既然如此，如果你所說的都是真的，那麼就來確認一下吧。」

「啊……？」

「今天放學之後，到屋頂上來。」

狂三說完這句話後，便將視線從士道的身上挪開了。

◇

佇立在來禪高中屋頂上的狂三，露出妖媚的微笑，然後「咚、咚！」地發出輕快的腳步聲。

晴空萬里。宛如盛夏的強烈陽光照射在狂三身上，讓地面倒映出比平時還要漆黑的影子。

現在大約是九點十分左右。或許是因為第一節課已經開始了，迴響在校舍的喧鬧聲稍微減輕了幾分。取而代之的是從音樂教室傳出來的零星樂器聲，以及從體育館傳來的球類彈跳聲。

狂三踩著猶如跳舞般的步伐，一圈又一圈地在地面畫出圓圈。

「雖然繼續享受與士道一起上學的學校生活也不錯，但是——」

如果此時有人從上空俯瞰這個景象，或許就會察覺到異常。

因為狂三經過的場所，開始慢慢變暗了。

沒錯——簡直就像是影子一直駐留在狂三所經過的軌跡上一般。

「時機差不多了呀。」

然後，喀！後腳跟用力踏向地面。

於是，以灰暗線條畫在屋頂中央的圓圈漸漸地向外擴張。

完全覆蓋屋頂全部區域之後，開始往校舍的外牆移動並且侵蝕操場，最後以學校為中心，將周圍的地區全數淹沒。

「——嘻嘻嘻……嘻嘻嘻嘻嘻嘻嘻嘻嘻！」

將嘴巴彎成上弦月的形狀，發出這種笑聲。

「啊啊，啊啊，士道、士道。親愛的、親愛的士道。即使如此，你還會說出要拯救我的這種

話嗎？你還會幫助我嗎？」

「嗯……？」

在第一節課——世界史的上課途中，士道突然看向窗戶外面。

總覺得周圍似乎變暗了，士道原本以為是雲朵遮住了太陽。

但是，從窗戶看到的天空依舊是晴朗無雲的好天氣。完全看不見任何雲朵的蹤跡。

「……難道……」

突然看向狂三的方向。因為狂三在十分鐘前才剛剛說出那種意有所指的發言，所以士道才會對她產生懷疑。

但是，狂三並沒有做出任何奇怪的舉動。反而相當認真地在上課。

「是我的錯覺嗎……」

輕輕嘆了一口氣，重新調整姿勢。

無論如何，關鍵時刻就在放學後。士道用力做了一個深呼吸集中精神。

◇

轉開生鏽的門把，推開了門。腐朽的門發出刺耳的悲鳴聲，從門上剝落的油漆碎片不斷掉落在原地。

「……嘖！」

琴里皺著眉輕輕彈了個舌，然後走進那棟建築物的屋頂。

現在琴里造訪的地方是位於天宮市南端的某棟廢棄大樓。

琴里並沒有探索廢墟的興趣。會來到如此偏僻的場所其實是有原因的。

然後……

「——我等妳很久了，琴里。」

已經在屋頂等候多時的少女——真那對琴里如此說道。

沒錯。今天早上醒過來時，琴里發現自己房間的窗戶上，貼著一張寫有時間、地點，以及真那名字的紙條。

琴里坦率地表現出內心的不悅，從鼻間哼了一聲。

「……真是的，這是什麼鬼地方呀。既然要約我出來，就應該準備好美味的茶與蛋糕呀。」

「真是失禮了——不過，我認為我們應該避開他人的耳目才對。」

「……哼。所以，妳到底有什麼事情？」

「我想跟妳稍微聊一聊。」

然後，真那從口袋取出某個東西，接著將它丟給琴里。

琴里用雙手接住緩緩畫出拋物線並且朝著自己飛過來的物品。

「這是……」

琴里皺起眉頭。真那丟給自己的物品，正是〈拉塔托斯克〉所使用的超高感度小型耳麥——沒錯，就是士道在昨天遺失的物品。

「——〈拉塔托斯克機構〉。」

「……！」

聽見真那說出口的話，琴里的眉毛忽然抽動了一下。

「我有聽說過流言。主張不使用武力殲滅精靈，而是以『藉由對話收服精靈』為目的的組織。第一次聽到這件事情時，我還以為是都市傳說呢……」

真那以銳利的眼神瞪向琴里。

「——難道說，妳和哥哥……」

琴里將耳麥收進口袋中，然後轉了轉加倍佳的糖果棒。

「……原來如此，昨天的那則通訊就是妳搞的鬼呀。」

沒錯，在確認士道遺失耳麥之前，〈佛拉克西納斯〉曾經接獲一則奇妙的通訊。雖然聽起來像是士道的聲音，但是在確認琴里的名字、現在的狀況等幾個問題之後，就突然關閉連線，然後什麼也聽不見了。

琴里以真那聽不見的音量用力嘖了一聲。太大意了。應該是因為當時的回答，所以才讓真那確信〈拉塔托斯克〉是真實存在的組織。

真那輕輕聳了聳肩。

「只要展開隨意領域，改變聲音這種程度的事情並非難事。」

「……是嗎。」

琴里撩起頭髮，然後毫不畏懼地瞇起眼睛。

「妳有什麼目的？特地把我叫到這裡來，妳打的是什麼算盤？」

真那目不轉睛地看著琴里，輕啟嘴唇。

「——我……不打算將這件事情呈報上去。」

「……哦？」

「條件是，立刻讓哥哥脫離〈拉塔托斯克〉的掌控。」

聽見真那的話，琴里皺起眉頭。

「什麼意思？」

「沒有什麼意思——琴里，妳為什麼會讓哥哥做如此危險的事情呢？不用說顯現裝置，妳居然讓他在沒有持有任何普通武器的情況下面對精靈，很難想像這是正常人會採取的行動呀。」

「妳的意思是要我們一邊用槍指著打算說服的對象，一邊跟她對話嗎？這樣跟強姦魔有什麼兩樣？難道妳有受虐癖好？」

琴里說完後，真那的眼神變得更加銳利，並且加重了語氣。

「別開玩笑了！你把哥哥當成什麼了？如果那個時候我不在場，哥哥早就已經被〈夢魘〉殺死了。」

「……………」

認為自己沒有義務提供更詳細的情報。琴里閉起嘴巴不說話。

但是，對琴里態度產生誤解的真那，咬緊牙齒，繼續說道：

「琴里——不，五河琴里。很可惜，妳已經喪失當哥哥妹妹的資格了。我不會將哥哥交給像妳這樣的人。」

「……！」

琴里的臉頰抽搐了一下，然後豎起加倍佳糖果棒。

「哦，所以，既然我失去了當妹妹的資格，那麼妳要怎麼做呢？」

「我會認真考慮將哥哥接回來。」

聽見真那的話，琴里皺起眉頭。

「別開玩笑了！妳的意思是妳想將士道託付給像ＤＥＭ那樣的惡德企業嗎？」

琴里一邊說話一邊聳了聳肩。然後，真那驚訝地鬆開原本交纏的手臂，肩膀顫抖了一下。

「……妳為什麼知道……」

「我有個相當優秀的朋友唷。看來我們彼此都握有對方的情報呀。」

琴里毫不畏懼地如此說道。真那嘆了一口氣。

「——好吧，既然都攤牌了，那也就沒有必要繼續隱瞞了。沒錯，我本來就不是自衛官。只是為了從DEM Industry公司調派到自衛隊，所以才會獲得一個必要的適當官階而已。」

說完後，真那再次露出銳利的眼神。

「不過，對於妳批評ＤＥＭ是惡德企業的這句話，我無法置若罔聞。那間公司收容了失去記憶的我，還給予我存在的理由。我非常感激他們。」

「……妳是認真的嗎？我只能說妳應該是瘋了吧。」

「真是失禮吶。妳在說什麼呀？」

琴里從真那說話的語氣中察覺到怪異。難道她——

「難道妳……不知道嗎……？關於自己身體的事情。」

「身體……？妳在說什麼？」

真那歪著頭露出目瞪口呆的神情。不寒而慄的琴里嚥下一口口水。

「……怎麼會這樣？」

雖然早有心理準備……但是沒想到事情真的如同令音所料。琴里露出苦澀神情，毫無顧忌地走到真那前方，然後握住她的肩膀。

「妳……妳在做什麼？」

「……我接下來所說的話都是為了妳好。妳才應該離開ＤＥＭ。〈拉塔托斯克〉也能照顧妳。所以──」

「啥……？妳怎麼說這些……」

然後，就在真那皺著眉說話的瞬間，琴里與真那的手機幾乎在同一時間響起。

焦躁地皺起眉頭，按下通話鍵。

「──是我。怎麼了？」

「司……司令！來禪高中出現相當強烈的靈波反應！」

「你說什麼……？」

琴里瞄了真那一眼。從她的表情看來──看來她似乎和琴里一樣接獲這項報告了。

◇

「嘶～」士道深深吸了一口氣，然後再慢慢地吐出來。

讓肺部充滿新鮮空氣之後，感受到彷彿讓身體重新開機般的感覺。

「……好！」

時間是下午四點三十分。周圍傳來要前往社團活動的學生們的聲音。

結果，自從那次對話之後，今天就再也沒有和狂三交談過了。當放學的班會時間結束之後，狂三甚至看都不看士道一眼，就迅速地走出教室。

「……你沒問題吧？小士。」

然後，透過配戴在右耳的耳麥聽見睡意濃厚的聲音。是令音。

「是的。我現在意外地……冷靜。」

「……很好。不過，你千萬要小心。」

「——是的。」

嚥下一口口水。然後，士道突然想到一個問題。

「令音？話說回來，怎麼沒聽見琴里的聲音……」

「……啊啊，琴里現在稍微離開了崗位。」

「不，妳說離開崗位，在這麼重要的時刻……」

「……琴里比任何人都明白其中的重要性。就是因為考慮到這一點，所以才會判斷這麼做的話，將能提昇我方作戰的成功率……因為現在最麻煩的是有個礙事的傢伙會插手干涉。」

「啊……？什……什麼意思？」

「……現在先集中精神在狂三身上。對方可不是隨意敷衍就能拉攏的對象。」

「……妳……妳說得對。」

雖然相當介意令音剛剛所提及的事情，但是士道確實沒有思索其他事情的餘裕。狂三應該已經在屋頂上等待自己了吧？士道爬上樓梯——

「什……！」

突然察覺到侵襲周圍的異變，士道皺起眉頭。

士道無法具體形容究竟發生什麼事情。但是就在周圍突然變暗的那一剎那，全身突然被一股異常的倦怠感與虛脫感侵襲。

簡直就像是空氣中帶有黏性般，重重地捆住自己的手腳。

「這……是……」

士道努力撐住身體不讓自己當場跪下，好不容易才保持原本的姿勢。

還留在四周的學生們一個接一個地發出痛苦的呻吟聲，當場癱倒在地。眼前的景色可以說是變得相當詭異。

「喂……！喂，沒事吧……！」

士道慌慌張張地搖晃倒下來的女學生肩膀。但是，女學生可能失去了意識，並沒有作出任何回應。

「令音——這是……！」

「……我們在以高中為中心的附近地區發現到強烈的靈波反應。這個反應——毫無疑問，是狂三搞的鬼。廣域結界……待在這個範圍內的人類將會因此而變得衰弱。」

「為……為什麼要做這種事情……」

「……這個問題直接詢問本人會比較快吧！」

令音如此說道。確實如此。士道嚥下一口口水，然後從原地站起身來。雖然感到有點行動困難，但是還不到倒下來的地步。

「那個……話說回來，我為什麼……」

「……你忘了嗎，小士？你的身體內封印了十香以及四糸乃的靈力。或許你本身沒有意識到這一點，但是你的身體幾乎等同於處在精靈保護的狀態下唷。」

「靈力……」

喃喃自語地說完這句話，士道忽然睜大眼睛。

他打開先前才經過的教室的門，大聲喊叫：

「十香！」

沒錯，十香應該還留在教室裡。雖然士道告訴她自己還有事情，請她先行返家，但是十香卻

執意要等待士道回來。

大約還有十幾名學生留在教室。這些人全都昏倒在地面或桌上——但是，在這些人之中……

「哦哦，士道……」

十香輕輕按著頭回應士道的呼喚。雖然大部分力量都被封印了，不過她畢竟是精靈。對於靈力的耐性似乎比人類還要高。

「妳沒事吧，十香！」

「嗚姆……但是，身體覺得非常沉重……這是怎麼回事呢……」

她以宛如正在發高燒般的語氣低聲呻吟，無精打采地搖搖頭。

「……小士。」

「十香，妳在這裡休息吧。我會想辦法讓妳儘快復原的……！」

耳麥傳來令音的呼喚聲。無須詳細詢問也能體會令音的意思。

「士……道……？」

「沒問題的。我會——救妳的。」

士道溫柔地輕撫十香的頭，在心裡下定決心之後走到走廊。

狂三目前的所在地是——屋頂。

突破沉重而黏膩的空氣走上樓梯，士道努力驅使相當疲勞的手腳，最後終於抵達通往屋頂的那扇門的前方。

門並沒有上鎖。

不——正確來說，門把的下方已經被槍射到破爛不堪，所以喪失了門鎖的功能。

無須多加思考也能知道這件事情一定是狂三幹的。士道做了個深呼吸之後，握住門把，打開門扉。

「嗚……」

皺起眉頭。即使走到屋頂，空氣中的黏稠感卻依舊沒有減輕一絲一毫。不，士道甚至感覺到侵襲身體的虛脫感變得更加強烈了。

環顧四周。被高聳的圍牆所包圍，缺乏風趣的空間。

在這個空間的中央……

「——歡迎光臨。我等你很久了，士道。」

狂三撩起裝飾著荷葉邊的靈裝裙襬，微微彎腿行了一個禮。

◇

「……！」

走在東校舍一樓走廊的途中，折紙察覺到了異樣。

只不過是一眨眼的工夫，世界突然完全改變了。彷彿精力都被吸到空氣中，一股不正常的虛脫感襲向全身。事實上，周圍的學生們已經一個接一個地昏倒了。

「嗚──」

再這樣下去，很有可能會失去意識。折紙在瞬間做出判斷，從口袋中取出大約可以收納在手掌心的一個隨身裝置，將手指放在表面的感應器上開口說道：

「識別．ＡＳＴ．鳶一折紙。」

在一瞬間完成指紋與聲紋對照。隨身裝置響起「嗶嗶」的電子音之後展開來。

「基礎顯現裝置──確認啟動。」

折紙說完後，讓隨身裝置碰觸隱約從頭部突出的角狀發射器。

瞬間，折紙周圍立即形成勉強能包覆身體的隨意領域。折磨身體的虛脫感總算因此而緩和了不少。

但是，就在這個時候，一股猶如爆炸般的強烈疼痛卻在腦中侵襲折紙。

咬緊牙關忍耐疼痛，折紙開口說道：

「接線套裝──展開。」

接下來，隨意領域中發出淡淡光芒──原本穿在折紙身上的來禪高中制服立刻在一瞬間改變成ＡＳＴ的標準裝備——接線套裝。

等到頭痛終於消退的那一瞬間——折紙當場跪了下來。

這是能讓平時需要在基地著裝的套裝，在一瞬間展開完成的緊急行動裝置。雖然已經取得緊急狀態下得以使用的權限，不過折紙果然還是不習慣這種感覺。

這個小型的行動裝置搭載了基礎顯現裝置。也就是說，理論上只要使用這個行動裝置就能展開隨意領域。還有只要處於隨意領域之中，就能輕易地在一瞬間內展開衣服，完成換裝等動作。

但是，為了完成這個動作，雖然時間不長，依舊需要使用人員在沒有穿著接線套裝的情況下展開隨意領域。這個時候將會對腦袋造成筆墨難以形容的強烈負荷……哎，當然如果是真那的話，應該可以輕而易舉地完成這項作業吧。

「…………！…………！」

「……………」

調整呼吸之後，將隨意領域擴充到平時該有的半徑三公尺範圍。

基本上，與精靈、ＡＳＴ相關的事情都應該對外保密。但是現在是緊急狀態。而且，大家都已經昏倒了，所以應該不用擔心被其他人發現這個祕密吧？

雖然不知道學校中到底發生了什麼事情。但是——折紙可以輕易推測出這件事情應該跟狂三有關連。

「……！」

在腦海中下達指令，中和重力。用腳踏向地面，折紙以驚人的速度奔馳在走廊上。

然後，就在此時，從搭載在耳麥上的通訊器傳來燎子的聲音。

「──折紙！這裡的回線開啟了，這代表妳使用緊急著裝了吧？此時在妳的學校周圍，偵測到強烈的靈波反應唷！現在的狀況如何？」

「這裡被廣域結界籠罩。如果繼續下去，情況將會變得非常危險。請派出支援──」

折紙突然停止說話。

「……！」

理由非常單純。因為在折紙前進的方向上，有名看似由影子凝聚而成的少女佇立在前方。

她身上穿的並不是高中的制服。而是由紅色與黑色構成的哥德式禮服。

「呵呵呵，折紙。妳匆匆忙忙地要上哪裡去呀？」

用手遮住嘴巴，發出竊笑聲。

「時崎──狂三……」

折紙露出銳利的眼神，然後將手伸向腰際握住光劍的劍柄。

「怎麼了？發生什麼事情了？折紙！」

「──與精靈接觸了。即將與對方交戰。」

「……妳說什麼！太危險了，趕快離開——」

為了集中精神，折紙在腦內下達切斷通訊的指令。

狂三一邊微笑一邊說道：

「呵呵，我不希望妳現在來攪局。所以妳不能再繼續往前走囉。」

「……？」

不明白狂三話中的意思，折紙微微皺眉。

但是，折紙的猶豫只有一瞬間。因為在戰場上根本無須聽信精靈的胡言亂語。

折紙緊緊握住近戰用對精靈光劍〈No Pain〉的劍柄。

◇

「士……道……士道！」

十香呼喚著剛剛才離開教室的士道之名。

但是——士道卻沒有折返。十香拖著沉重的腳步，開始往前走。

「士道……！」

士道最後講的那句話，不斷在腦海中打轉兒。

——沒問題的。——我會救妳。

多麼值得信賴、又讓人感到安心的一句話。只要士道這麼說，就能趕跑原本盤據在十香內心的寂寞與不安。

但是，十香的內心同時也會產生另一種不安的情緒。

因為剛剛說出這句話的士道給人的感覺，與兩個月前對十香伸出援手，以及上個月走進四糸乃結界的時候相同。

士道一定會拯救大家。但是，如果必須做出犧牲自己的事情才能達成目的，那麼士道也會毫不猶豫地採取行動吧。

因為拯救十香的——就是這樣的男人呀。

「嗚啊……！」

失去了平衡，十香倒向桌椅之間並且摔倒在地。

「咕——嗚……！」

想要再次站起身來，但是雙腳卻使不上力。

——不可以、不可以。現在已經沒有時間讓自己繼續蹲在這裡了。

必須要儘早趕到士道身邊才行。

「士道……士道……士道……！」

然後——在大聲呼喊的瞬間，十香感覺到腦袋一陣暈眩。

「什……什麼……？」

話雖如此——但是十香記得這個感覺。

在上個月，四糸乃讓天使顯現出來並且打算吐出光線攻擊士道的時候……

如果繼續下去，士道會死的！就在這個念頭浮現腦海時，頭部開始暈眩——然後就顯現出靈裝與天使了。

「……這是……！」

十香低頭檢視自己的裝扮，如此說道——沒錯，雖然不是完全體，但是與那個時候相同，十香身體上顯現出以光膜建構出來的靈裝。

身體也變得相當輕盈，與上一秒的狀況完全不同。這樣的話——

十香用力地跳起來，雙腳直立在原地。

「很好……可以了！」

她握緊拳頭，離開了教室。

「士道！你在哪裡？士道！」

即使大聲呼喚——依舊沒有得到任何回應。

既然如此，就只能四處尋找了。十香在走廊跑了起來。

但是，就在這個瞬間……

「——！」

十香屏住呼吸，急忙從原地跳開。

理由很簡單。因為有看似子彈的東西從走廊前方瞄準十香，一邊畫出黑色軌跡一邊朝向十香射過來。

「什……！是誰！」

十香大叫出聲。然後，從前方走廊的陰影處傳來緩緩踱步的腳步聲。

最後，那個聲音的主人終於現身了。

「……妳是——」

「呵呵呵。妳好呀，十香。可以陪我玩玩嗎？」

身穿禮服，手握槍枝的少女——時崎狂三揚起一抹微笑的同時，如此說道。

◇

「狂三……妳到底做了什麼！這個結界是什麼……！」

來禪高中的屋頂上，士道突然張開雙手，向狂三詢問這個問題。

狂三似乎覺得士道的反應相當有趣，加深臉上的笑意。

「呵呵，很棒吧？這是〈食時之城〉。只要踏到我的影子，這個結界就會吞噬對方的『時間』。」

「吞噬……時間……？」

士道驚訝地如此說道。狂三一邊微笑一邊緩緩地走了過來。

「什……」

接著，以優雅的姿勢撩起頭髮，露出平常總是隱藏在瀏海裡的左眼。

看見那隻眼睛之後，士道皺起眉頭。

顯而易見的異樣。無機質的金色，還有數字以及指針。

沒錯——狂三的左眼本身就是一個時鐘。

而且更奇怪的是，那個時鐘的指針是朝著逆時鐘的方向轉動。

「這是——」

「呵呵，這是我的『時間』、我的性命——也可以說是我的壽命唷。」

說話的同時，狂三轉過身去。

「我的天使擁有相當強大的力量……相對的，我也必須付出很大的代價。每當我使用天使的能力時，就會被吞噬掉龐大的『時間』。所以——我有時候必須像這樣從外界補足唷。」

命。

「什……！」

聽見狂三的話，士道感到一陣毛骨悚然。

因為如果她的話屬實，那就代表狂三現在正在吞噬那些倒在結界中，瀕臨死亡的人們的性命。

看見士道的表情，不知為何，狂三的臉上浮現有點寂寞的神情。

但是，那個表情立刻被駭人的微笑所取代，狂三以指尖勾起士道的下巴。

「精靈與人類之間的關係，就是這麼一回事。大家都是我可憐又可愛的食物。僅僅如此。」

彷彿要挑逗士道般地微微皺眉，繼續說道：

「啊啊——但是、但是，士道。只有你是特別的唷、只有你是特別的唷。」

「……我嗎？」

「是的、是的。你是最棒的。為了與你融為一體，所以我才會來到這個地方。」

「妳說什麼……？」

士道皺起眉頭。

「妳說『融為一體』……這是什麼意思？」

「就是字面上的意思呀。我不會殺了你。因為這麼做的話，就沒有任何意義了——我會直接吃掉你。」

狂三所說的「吃掉」究竟是字面上的意思？還是別有含意？士道無法判斷。但是，士道卻感覺到一陣寒意在胃裡擴散開來。

但是，不能在這個時候膽怯。握緊拳頭，他開口說道：

「如果妳的目的是我，儘管衝著我來就好！為什麼要做出這種——」

士道大聲叫道。然後，狂三愉悅地繼續說道：

「呵呵，因為我必須先補充『時間』才行——而且……」

狂三忽然以銳利的視線瞪向士道。

「——在吃掉你之前，我要請你收回今天早上說過的話。」

「今天早上的……？」

「沒錯。——就是『你會拯救我』這種荒唐無稽的發言。」

「……！」

看見狂三異常冷淡的視線，士道下意識地吞了一口口水。

「——喂，士道。因為上述理由而做出這種事的我，相當可怕吧？將無辜的人們牽扯進來，你一定相當憎恨我吧？你應該已經明白我不是一個值得被拯救的人了吧？」

宛如演員般做出一個誇張的手勢之後，狂三繼續說道：

「所以，請你收回你的話。請你承諾不會再次說出這句話。如果你乖乖照辦，我可以解除這

個結界唷，因為我原本的目的，就只有士道一個人而已。」

「什……」

睜大眼睛。這個條件未免過於簡單。簡單到幾乎要讓士道不禁懷疑狂三是不是在算計自己。

「……狂三是認真的。」

彷彿察覺到士道的疑惑，令音透過耳麥如此說道。

「……從她的精神狀態看不出任何說謊的跡象。小士，如果你答應這個條件的話，狂三應該真的會解除結界吧。」

就在令音說話的同時，狂三彎著身子露出一個陰森笑容。

「嘻嘻嘻……嘻嘻。好了，必須趕快阻止才行吧？如果不趕快採取行動，可能就來不及了喔！」

「……！」

士道與狂三四目相交。

士道只需要撤回前言就可以了。輕而易舉就能辦到的條件。

相反的，如果不這麼做的話，待在結界中的許多人將會有生命危險。

毫無選擇的餘地。下定決心之後，開口說道：

「……解除結界吧。」

狂三像是鬆了一口氣般地嘆了一口氣。

「既然如此，請你說出來吧。說出不會再提及拯救我的這種話。」

士道嚥了一口口水之後，繼續說道：

「那件事情……我辦不到。」

「啊——？」

士道說話的瞬間，狂三露出目瞪口呆的表情。模樣看來十分滑稽。至少士道從來沒有看過狂三露出這種表情過。

「……哎呀、哎呀、哎呀？」

但是，狂三的臉上立刻蒙上不悅的神情。

「你沒聽到嗎？如果你不撤回前言的話，我就不解除結界唷。」

「……趕快解除結界！快一點！」

「既然如此……」

「但是，不行呀！我不能收回前言！」

士道大叫出聲，搖了搖頭。

因為，如果收回前言的話，那就改變不了任何事情了。

士道就無法再次對狂三伸出援手了。

「——我討厭不聽話的人……！」

狂三大聲說出這句話。然後，咚、咚！輕盈地往後退，拉開與士道之間的距離。

接下來，突然將右手高舉過頭。

於是，以那隻手為中心，周圍的空氣開始震動。

——瞬間……

嗚嗚嗚嗚嗚嗚嗚嗚嗚嗚嗚嗚嗚嗚嗚嗚嗚嗚嗚嗚嗚嗚——

刺耳的聲音在整個街道中響起。

「——空間震警報……！」

臉上染上害怕的神情，低聲呢喃。這個早就聽到使人厭煩的耳熟警報聲，其功用是在通知人們侵蝕這個世界的突發性災難——空間震已經發生了。

一瞬間，士道還以為是除了狂三以外的另一位精靈在某個地方現界了。因為精靈出現在這個世界時所造成的空間歪斜，便是引起空間震的原因。

但是——狂三那盈滿瘋狂的笑容卻隱隱約約地否定了這個推測。

沒錯，這起空間震是狂三刻意造成的。

士道完全沒聽說過精靈可以隨意控制空間震。

但是——現在這種情況卻證明了一切。

「嘻嘻……嘻嘻嘻……嘻嘻嘻嘻嘻嘻嘻嘻嘻嘻嘻！好了，該怎麼辦呢？在這種狀態下引起空間震的話，結界內的所有人會落得怎樣的下場呢？」

「……！」

聽見這句話，士道不知該如何回應。

在正常的情況下，觀測到空間震前震並且發布警報後，附近的居民就會躲到地下避難所。但是——如今，待在以高中為中心的結界範圍內的所有人都已經失去意識。所以根本無法避難。

——理應如此，但是……

忽然間……士道的腦海中浮現一個疑問。

完全沒有察覺士道的想法，自以為勝券在握的狂三舔了舔嘴唇。

「——好了，士道？怎麼樣呢？我很恐怖吧？我很討人厭吧？即使如此，你還是會說出一樣的話嗎？弱者本來就應該成為獵食者的食物呀！」

「…………」

不知為何。明明心臟噗通噗通地劇烈跳動，呼吸也開始變得紊亂，但是士道的頭腦卻是令人難以置信的冷靜。

出現一個疑問。

──為什麼狂三要士道撤回前言呢？

因為，無論如何，不管士道說出什麼話，都只是單純的字詞。如果狂三的目的是「吃掉」士道的話，只要將士道所說的話置之不理就可以了。

但是，為什麼，她會如此介意呢？

──如她所言，狂三應該是獵食者的身分。但為何會如此介意身為弱者的士道所說的話？

「……小士。」

然後，就在此時，令音的聲音傳進右耳。

「……狂三的精神狀態開始起變化了。從數據來看，簡直就像是……很害怕你似的。」

「咦……？」

士道以狂三無法聽見的音量如此說道，然後微微皺起眉頭。

──狂三，害怕士道？

這句話聽起來相當缺乏真實感，但是在第一時間感到混亂的士道──馬上就明白了。

「啊啊──原來是這樣啊。」

士道輕輕嘆了一口氣，重新看向狂三。

讓人感到無比恐懼的，精靈。

但是──

「來吧！士道，你要怎麼做？如果你不撤回前言的話，將會有好幾人喪失性命唷！」

狂三凝視著士道，緊緊握住高高舉起的右手。

瞬間，周圍響起「唧咿咿咿咿咿──嗯……」的刺耳聲音。

簡直就像是空間正在哀號一般。

「嗚……」

有些話必須告訴狂三才行，有些事情必須讓狂三知道才行。但是現在最重要的是必須處理空間震的問題。

當然──士道依舊不會撤回前言。

士道拚命地思考解決方法。忽然間，士道回憶起剛剛狂三所說過的話。

「……狂三。」

「什麼？呵呵，你決定要取消前言了嗎？」

狂三露出一個無所畏懼的笑容並且如此說道。士道自顧自地繼續說話。

「妳說過……妳的目的是吃掉我。」

「是的，沒錯。如果殺死你的話，那就沒有任何意義了。你會在我的身體內一直生存下去唷。呵呵呵，很棒吧？」

「…………」

聽見這句話，士道更加確信自己的揣測，於是小聲地對令音說：

「……令音。如果我——的話，應該不會死掉吧？」

「……？啊啊，憑你的恢復能力，只要沒有發生意外的話，應該沒有問題……不過你到底想做什麼？」

「是嗎？」

士道離開原地跑向屋頂邊緣，然後攀爬到高聳的圍牆上。

接下來，跨過圍牆頂端之後，轉頭看向狂三。

狂三的臉上浮現疑惑神情，似乎不明白為何士道做出這個舉動。

「……你想做什麼？」

「停止空間震吧。不然的話——」

士道指著操場。

「我就從這裡跳下去死給妳看……！」

「什……什麼……！」

可能是因為完全沒料想到會發生這種事情，狂三發出錯愕的聲音。

「你……你在說什麼呀……？你瘋了嗎？」

「抱歉，我是認真的。我還是無法收回早上說過的話。因為如此一來，我就不能幫助妳了。」

狂三的臉扭曲成不悅的神情。士道不理會她的反應，繼續說道：

「但是，我不能讓妳引起空間震。所以——」

「所以就拿自己當人質？天真也該有個限度吧？你是被追到走投無路的逃亡犯嗎！」

被狂三這麼一說，士道輕輕笑出聲。因為他想到在電影或國外新聞影像中，經常可以看見犯人用槍抵住自己太陽穴的情景。這是被逼到無路可退，已束手無策的人們所會採取的瘋狂行徑。

但是，如果狂三的目的是士道，那麼這種行為就一定能發揮影響力。

沒錯——狂三為了拉攏士道，甚至轉學到這所高中。所以士道的性命絕對有牽制對方的價值存在。

不過，狂三扭曲著臉，輕輕嘆了一口氣。

「……你認為這種事能威脅得了我嗎？如果你敢做的話就試試看呀！」

「……好。」

士道平靜地如此說道。然後，朝著圍牆外側縱身一跳。

明明是令人頭暈目眩的高度，奇怪的是，士道卻一點兒都不怕。或許是因為大腦分泌的腦內物質所造成的興奮狀態，麻痺了恐懼感也說不一定。

「————！」

「……小士！」

耳邊傳來狂三倒吸一口氣，以及令音的聲音。

輕飄飄的飄浮感。士道的身體以極快的速度向下墜落。

「——……！」

幾乎快要失去意識。感覺很像是乘坐在急速下降的雲霄飛車上。呼吸困難、手腳麻痺、彷彿一個不留神就會失禁般。

但是，在往下墜落的途中，士道突然被人支撐住，身體因此搖晃了一下。

「……嗚啊！」

感受到突如其來的衝擊，士道不禁大叫出聲。狂三的上半身從爬行在校舍牆壁的影子裡冒出來，以公主抱的姿勢緊緊抱住士道。

「哦……哦哦，狂——」

就在士道呼喚狂三名字的瞬間，狂三的全身也完全脫離了影子，維持抱住士道的姿勢，垂直爬上校舍牆壁。回到屋頂之後，粗魯地放開士道的身體。

「啊……」

士道大大呼出一口氣。

「我還以為死定了……」

「那……那是當然的……！」

然後，狂三情緒激動地厲聲斥責。

「真是不敢相信！你在想什麼呀！你在想什麼呀！如果不是我，你是真的會死掉耶！」

「啊……那個，該怎麼說呢……謝謝妳。」

「你把性命當成什麼了！」

「不，妳應該沒資格說這種話吧……」

聽見士道的話，狂三才突然回過神來，搔了搔頭。

「啊啊啊啊啊啊啊，真是的！你——你是笨蛋嗎……！」

士道從原地站起身來，轉身面對狂三之後開口說道：

「狂三，妳為什麼要救我？」

「……那是因為——如果讓你死掉的話，我就不能達成我的目的了。」

「是嗎。那麼我果然有當人質的價值吶。」

「……！」

士道舉起手指向狂三。

「好！快點停止空間震吧！順便解除這個結界！不然的話，我就要咬舌自盡了喔！」

「像……像這種嚇唬人的話——」

「妳認為這是嚇唬人的話？」

「嗚……」

狂三在瞬間露出懊悔的表情，然後彈了一個響指。

於是，原本迴響在周圍的刺耳聲音嘎然停止。接下來，籠罩周圍的沉重空氣也消散不見。

「哎——哎，無所謂。反正我原本的目的就只有士道一個人而已。所以完全沒問題呀！完全沒問題呀！」

狂三彷彿在自言自語般地大叫出聲，然後突然朝著士道張開雙手。

但是，士道當然不可能就這樣乖乖地被狂三吃掉。

「那麼——我再問妳一個問題。」

「還……還有呀……？」

狂三一臉困惑地如此說道。士道說了一聲「沒錯」之後，繼續開口說道：

「只要一次就好。狂三，請讓我給予妳一次重新來過的機會吧！」

「咦……？」

狂三驚訝地睜大雙眼，但是沒多久又皺起眉頭。

「……你還在說這個呀？請你不要太過分了。你的好意只會讓人徒增困擾。我喜歡殺人，也喜歡被殺。所以你不需要對我說那麼多！」

狂三彷彿在抗拒士道般地大叫出聲。聲音聽起來已不像之前那樣，給人深不見底的恐怖——正確來說，現在的聲音聽起來反而比較像是在害怕某種東西一樣。

回憶起剛剛令音說過的話。

沒錯……狂三一定覺得非常害怕。因為從來沒有人對她伸出援手，所以她才會對於這個陌生的舉動感到恐懼。

「狂三。妳……曾經體驗過……無須殺害其他人，也無須被其他人追殺的生活嗎？」

士道平靜地如此說道。然後，狂三的肩膀微微顫抖了一下。

「……那個……」

「那麼，妳根本不知道啊。妳怎麼能確定自己真的比較喜歡每天殺人與被殺的生活呢？也許——妳也會喜歡上那種安定的生活啊……！」

「但是，那種事情——」

「做得到唷！我有辦法做到！」

士道大叫出聲。被士道的氣勢所震懾，狂三屏住呼吸。

「妳之前所做的事情是無法被原諒的。妳必須花上一輩子的時間來贖罪！但是……！不管妳犯了什麼錯，狂三！我還是有一定得拯救妳的理由……！」

「呃——」

狂三往後退了幾步。似乎在追逐狂三般，士道往前邁進一步。

「我……我……我——」

狂三陷入混亂的情緒當中，眼睛飄移不定並且開口說道：

「士道，我……真的……——」

然後——就在狂三正要開口說話的瞬間……

「——不行……唷。不可以被他的話蠱惑。」

不知從哪裡傳來這樣的聲音。

士道驚訝地皺起眉頭。因為震動耳膜的聲音是——

「咿……！」

然後，佇立在前方的狂三突然從喉嚨發出奇怪的聲音，打斷了士道的思緒。

「狂三……？」

士道往那個方向看過去——然後全身僵硬地呆愣在原地。

「咿……啊……啊……」

狂三睜開眼球嚴重凸出的雙眼，發出痛苦的聲音。

將視線往下移。一隻紅色的手從狂三的胸口伸了出來。

「呃……」

看到這個情景，士道才終於理解現在的狀況。

有人不知何時出現在狂三的後方——並且用手貫穿了她的胸口。

「我……是……」

「好的好的，我知道了。所以——」

從狂三的胸口將手抽離。瞬間，原本穿在狂三身上的靈裝在空氣中溶解，狂三露出了雪白的肌膚。

「——請妳……好好休息吧。」

「……咿咕！」

遺留下相當小聲的臨終哀號之後，狂三的身體就像人偶般倒了下去。

接下來，身體彈跳了一下——然後就沒有任何動作了。

「什……」

無法動彈。思緒跟不上這過於突然的情況。

因為，站立在狂三後方的人正是……

「哎呀、哎呀。你怎麼了呢？士道？你的臉色看起來很差耶。」

——那個人正是時崎狂三。

「狂……三……？啊？為什麼……」

士道看了一眼剛剛與自己對話的狂三，然後再將視線移到後來才現身的狂三身上。

毫無疑問地，那個人就是狂三。

影子般的漆黑頭髮，以及宛如珍珠的白皙皮膚——左眼是閃閃發光的時鐘，這些特徵都與剛剛那位狂三一模一樣。

只是與剛剛被打倒在地的那位狂三不同，她的臉上沒有浮現任何混亂神情，而是從容不迫的妖豔微笑。

「真是的，這個孩子真是令人傷腦筋呀。」

狂三揮了揮被血濡濕的右手。

然後，許多手臂從影子中伸了出來，將狂三的遺體拖進影子中。

「居然如此驚慌失措——『這個時候的我』或許還太年輕了呀。」

「什——」

「啊啊，不過、不過呀。士道真的說得非常棒唷！」

以開玩笑的語氣如此說道，狂三彎著身子笑出聲來。

士道一語不發地呆愣在原地。

——無法理解。

就在剛剛，士道的視線中確實存在著兩位狂三。

狂三，殺死了狂三。然後第一位狂三被影子吞噬了。

「什……麼……」

聽見士道發出來的驚訝聲音，狂三笑得更加詭異。

「好了、好了，別再磨磨蹭蹭的了。」

狂三說完這句話之後，突然有手從士道的腳邊伸了出來，按住士道的雙腳。

「嗚啊……！」

「你的力量……我接收囉，士道。」

狂三一邊說話一邊靠近士道，並且伸出右手。

接下來，就在微涼的手撫摸到士道臉頰的瞬間……

「咿……！」

狂三突然發出這種聲音。

就在看見一個白色影子從天而降的瞬間，狂三碰觸到士道的那隻右手突然被切斷，在空中轉了幾圈之後掉落在地面上。

「——哎呀……哎呀。」

彷彿在忍耐疼痛般地皺起眉頭，狂三翻身跳往後方。

瞬間之後，士道才發現自己與狂三之間多了一個人。

「真那！」

「是的。你剛剛又再次陷入險境了呀。」

身穿接線套裝，雙手裝備著巨大的光劍，真那往士道的方向瞄了一眼，並且如此說道。

不過，真那立刻又重新握緊光劍，以銳利的眼神瞪向逃到後方的狂三。

「妳居然在這裡大肆作亂呀，〈夢魘〉。」

「——咕……嘻嘻……嘻嘻，妳還是和往常一樣那麼厲害呀。居然能輕而易舉地斬斷我的〈神威靈裝(Elohim)·三番〉。」

「哼。抱歉，那種東西在我面前是毫無作用的。妳還是乖乖地——」

真那的話還沒說完，狂三就突然大動作地張開雙手，在原地轉了一圈。

「不……過……只有『我』，是不能『讓妳殺死』的唷~」

狂三如此說道。然後，喀！喀！猶如在跳舞般地用雙腳踏向地面。

「來吧、來吧，過來吧——〈刻刻帝(Zaphkiel)〉！」

瞬間——從狂三背後的影子中，緩緩出現一個巨大時鐘。

高度是狂三身高的好幾倍，一個巨大的錶盤。然後，位於中央的每根指針都被設計成擁有細緻裝飾的舊式步槍與手槍。

「……這是——天使……！」

士道不自覺地大叫出聲。

——天使。「擁有實體的奇蹟」。由精靈所持有，唯一具有絕對力量的武器。

「呵呵呵……」

狂三綻放出微笑，然後從巨大錶盤上取下相當於短針的槍枝握在手裡。

接著……

「〈刻刻帝〉——【四之彈(Dalet)】！」

狂三詠唱出這句話之後，有個看似影子般的東西緩緩地從刻劃在時鐘上的數字「Ⅳ」顯現出來——然後在一瞬間被吸進狂三所握住的手槍槍口中。

然後，士道瞇起眼睛看著她的樣子。

因為當影子從時鐘數字顯現出來的瞬間，狂三左眼的時鐘突然以驚人的速度往順時鐘的方向轉動。

但是，這個疑問很快就被趕出腦海中。

「什……」

真那的驚訝聲音傳進士道耳裡。雖然從這個位置無法看清真那的表情，但是真那現在的表情一定也跟士道一樣吧。

狂三將握在左手中的手槍槍口對準自己的下巴。

「妳到底——」

真那的話還沒說完，狂三就露出一抹微笑，然後毫不猶豫地扣下扳機。

咚！槍聲響徹四周，狂三的頭部搖晃了一下。無論怎麼看，都像是舉槍自殺的情景。

但是，瞬間過後，士道與真那都被強制性地修正了觀念。

「啊……？」

連自己都能察覺自己現在的表情有多可笑。

但是，無論是誰在看過這副情景之後，都應該會露出相同的表情吧。

因為狂三對自己開槍的那一瞬間，原本滾落在地面上的狂三的右手，如同影像倒帶般地飄浮到空中——接著飛到狂三身邊。

接下來，當那隻右手接觸到右手臂之後，便漂亮地接合在一起並且毫髮無傷地復原了。就連戴在手上的長手套也完全恢復了。

「呵呵呵，真是個乖孩子呢，〈刻刻帝〉。」

「……我還是第一次看見這個招式呢。原來如此，真是強大的恢復能力。」

真那氣憤地說道。然後，狂三呵呵笑了起來，並且搖了搖頭。

「嘻嘻嘻……嘻嘻，不對唷。我只是讓『時間倒流』而已唷。」

「……妳說什麼？」

真那皺起眉頭。

但是，狂三沒有回答這個問題，露出一個目中無人的笑容之後，高高舉起右手。握住依舊留在背後時鐘〈刻刻帝〉上頭的分針──步槍。

「──啊啊……啊啊。真那、真那。今天我將會打敗妳唷。」

她一邊說話，一邊在沒有指針的錶盤前面，做出手持雙槍的姿勢。

──簡直就像是在指示時間般的姿勢。

「好了、好了，開始吧。我要讓你們見識一下天使的厲害。」

「──哼，很好。我會像往常一樣將妳殺死的。」

真那說完後，狂三彷彿聽見什麼可笑的事情般，放聲大笑。

「嘻嘻…嘻嘻…嘻嘻嘻嘻嘻嘻嘻嘻嘻嘻，妳還～～～～不明白嗎？妳是絕～～～～對永遠無法將我完全殺死的！」

「沒關係。打不倒的話就打到妳倒下來為止；死不了的話就殺到妳再也無法復活。我會持續不斷地殺死妳。這就是我的使命，同時也是我生存的理由。」

「嘻嘻嘻嘻嘻！啊啊，很好、非常好呀。所以，妳要怎麼做呢？砍掉我的頭？刺穿我的胸口？切斷我的四肢？」

「哼，我知道不管怎麼做，妳這個怪物依舊可以復活——所以我要將妳完全粉碎，不留任何一點痕跡。」

「哦？我還沒有體驗過這種死法呢。聽起來好誘人呀！聽起來好棒呀！」

「妳還是如同往常般地瘋狂。」

「嘻嘻嘻，彼此彼此唷！妳現在已經連眉頭都不會皺一下了吧？回想起當初妳第一次殺死我的時候，是那麼可愛呀。」

「閉嘴！還是說，妳那麼希望我先撕爛妳的嘴巴與喉嚨嗎？」

「呵呵呵……呵呵。妳做得到嗎？」

說完後，狂三高高舉起左手的手槍。

「〈刻刻帝〉——【一之彈（Aleph）】。」

然後，與剛剛的情況一樣，影子從錶盤上的「Ⅰ」數字滲出來，然後被狂三手中的手槍吸進槍口。接下來，狂三再次將槍口對準自己的下顎——扣下扳機。

瞬間……

「嗚……！」

狂三的身影突然當場消失不見，同時，真那的身體突然被擊飛到一旁。

「啊……哈哈哈哈哈哈哈哈哈哈哈哈！妳．看．不．見吧？」

「唔——」

真那在空中改變前進方向，在空中踏了一下之後，往狂三直撲而來。

但是，狂三的身體卻再次像雲霧般消失不見，然後在下一瞬間出現在真那的後方，並且用腳跟用力踢向真那的背部。

「咕……！」

不過，就在真那的眼神變得銳利的同時，狂三的動作也在瞬間變遲鈍了。應該是因為真那利用隨意領域捕捉到狂三了吧。

真那將光劍橫向一揮，想要斬斷狂三的腹部。但是狂三卻在千鈞一髮之際躲過這一擊，一邊旋轉一邊降落在水塔上。

「呵呵，真不愧是真那！我都『將時間調快』了，居然還有辦法跟上我的動作！」

「哼……真是有趣的能力。不過這能力與擁有隨意領域的我，應該相當不對盤吧？因為我可以利用敏銳的知覺捕捉到妳的動作唷。」

「啊啊、啊啊，說得也是吶。那麼——」

狂三再次以迅雷不及掩耳的速度靠近真那。

「〈刻刻帝〉——【七之彈(Zayin)】！」

途中，從錶盤上標示「Ⅶ」數字滲出來的影子被吸進狂三步槍的槍口中。接下來，狂三立即將槍口對準真那，射擊！

「我說過了——那是沒用的……！」

那種程度的子彈不可能射傷擁有隨意領域的真那。但是——

「咦……？」

士道驚訝地發出聲音。

——因為真那的身體突然以飛翔的姿勢完全靜止在天空中。

「真那……！」

即使士道出聲呼喚，但是真那還是一動也不動，也沒有任何反應。簡直就像是真那的時間當場「停止」般。

「啊～哈～！」

狂三笑出聲來，然後瞄準真那的身體發射出許多發子彈。

狂三握在手上的槍枝皆為單發式的舊式槍械。不過，每當她擊出一發子彈時，狂三腳下就會滲出影子，影子在轉換成子彈之後便會填充在槍口中。

然後，經過數秒之後，狂三降落地面。與此同時……

「嘎——啊……！」

身體承受好幾發槍擊的真那，滿身是血地墜落地面。

「嘻嘻嘻嘻嘻嘻嘻嘻嘻！哎呀哎呀，怎麼了呀？」

「什——剛剛……是……」

「真那！」

士道大叫出聲，然後跑到跪在地面上的真那身邊。

「哥……哥，危險。請你快點離開……」

「笨蛋，妳在說什麼！」

碰！此時，士道後方傳來開門的聲響——

「士道！」

「——士道！」

屋頂上出現兩個呼喚士道名字的聲音。

「十香——折紙……！」

轉過頭，呼喚這兩個名字。

為什麼這兩個人可以在狂三的結界中移動？不過在士道看見兩人的身影後，這個疑問便獲得解答了。因為十香身上穿著靈裝，而折紙則是穿著接線套裝。

上。

「你沒事吧，士道？」

「有受傷嗎？」

兩人在同一時間如此說道，然後同時露出不悅的表情互相瞪視，最後再將視線挪回士道身上。

不過，兩人很快地就發現了待在前方的狂三，以及滿身是血地跪在地上的真那。兩人繞到士道前方，面對狂三各自拿起劍與光劍。

「鳶一上士……十香。妳們平安無事呀。不過……十香，妳的樣子究竟是……」

真那一邊痛苦喘息一邊如此說道。然後，十香驚訝地大叫出聲。

「士道的妹妹二號！我才想問妳怎麼會穿成這樣，簡直就像是ＡＳＴ——」

真那與十香驚訝地互相注視對方。不過，狂三的笑聲立即響起，並且打斷了兩人的對話。

「哎呀、哎呀、哎呀。大家都到齊了。」

狂三如此說道。十香與折紙幾乎在同一時間開口說道：

「狂三……！我還以為妳逃跑了！原來是跑到這裡來了呀！」

「妳的行動真是難以理解。妳到底要做什麼？」

「咦……？」

士道皺起眉頭。她們兩人到底在說些什麼呢？

「妳剛剛說，逃跑了……？」

士道提出這個質疑。然後，視線依舊緊盯著狂三的十香，說了一聲「嗯」並且點了點頭。

「狂三在剛剛現身干擾我的行動……但在剛剛的一場爆炸發生之後就逃到別的地方了。」

不過折紙卻對十香的話產生異議。

「妳的說法很奇怪。因為時崎狂三剛剛正在與我交戰。」

「妳說什麼？」

十香在瞬間露出驚訝的神情——隨即搖了搖頭，重新看向狂三。

「……很可惜，狂三。我不允許妳繼續傷害士道。」

「我同意部分的說法。」

折紙也重新看向狂三。

狂三看似愉悅地轉了一個圈。

「呵呵呵……呵呵。啊啊、啊啊，好可怕呀。好恐怖呀。面對如此弱小的我，妳們居然打算以多人取勝。」

表現出非常心口不一的樣子，狂三不停地發出竊笑聲。

「不過，今天我會全力以赴——喂，妳們說對嗎？『我們』。」

「啊——？」

因為聽見這種奇怪的說話方式而皺起眉頭——但是，下一瞬間……

「什……！」

士道、十香、折紙，以及真那。四人的聲音重疊在一起。

不過，他們會有這種反應也是理所當然的。屋頂上布滿了狂三的影子。

從那些影子中，伸出了好幾隻白色的手。

而且，不僅如此。直到剛才為止，原本只會露出到手肘部分的白色手臂，慢慢地、慢慢地，在地面上現出全貌。

「什麼……呀，這是……！」

不自覺地，從喉嚨硬擠出叫聲。

不過，這也是理所當然的。因為那些白色手臂——

全部，都是「狂三」。

幾乎是不留縫隙地填滿寬廣的屋頂，人數多到不可勝數。

身穿靈裝的時崎狂三從影子裡爬出來。

「嘻嘻嘻嘻。」　「哎呀、哎呀。」　「呵呵呵。」

「哎呀哎呀哎呀。」　「嚇到了嗎？」

「士道。」

「好了，怎麼辦呢？」

「啊哈哈哈哈哈！」

「嘻嘻嘻嘻。」

「看起來好美味呀。」

「來吧、來吧。」

「一起玩吧？」

「怎麼樣？」

「呼呼！」

「嘻嘻嘻！」

「呼呼呼呼呼呼！」

「怎麼了？」

無數名狂三各自依照自己的意願說說笑笑。

「這……這是……！」

狂三如此說道。然後，手中握住槍的狂三攤開雙手揚起下巴。

「呵呵呵……呵呵。怎麼樣呀？很美吧？他們都是我的過去。我的經歷。是在不同時間軸所出現的我的型態唷。」

「什——」

「呵呵呵——話雖如此，這些『我』只是我的分身、我的再現體而已唷。她們不會擁有和我一樣的力量，所以請你們安心吧。」

狂三說了一聲「喂」，然後繼續說道：

「真那，懂了嗎？這就是妳為何殺不了我的理由。」

「──……」

真那屏住呼吸。十香、折紙──還有士道也做出相同的反應。

「來吧──」

狂三轉了一圈。

「結束吧。」

「……不要──小看我……！」

真那大叫出聲。利用隨意領域強迫受傷的身體飛向天空，讓Unit變形並且發射出數道光線。

從天而降的光線貫穿了幾名待在周圍的狂三，她們的身體因此而倒向地面。

不過，其他待在周圍的狂三們躲過攻擊、飛往天空，然後對著真那展開攻擊。

「哼……！」

真那讓Unit產生變化之後，切斷了朝自己逼近而來的狂三們的頭、手臂以及身體。屋頂上，四處撒滿了狂三的「零件」。

但是，手中握著槍的狂三卻站在〈刻刻帝〉前方裝填【七之彈】，然後瞄準真那發射出去──跟剛剛一樣，真那的身體在空中瞬間靜止不動了。

趁著這個空隙，無數名狂三往真那身邊靠過去。

「真那──！」

士道大叫出聲。但是，毫無辦法。

十香與折紙揮舞手上的劍想要保護士道——但還是寡不敵眾。受到後方以及左右方的圍攻，兩人當場就被壓制在原地。

情況演變至此，所有人已經無暇顧及士道。因此，狂三抓住士道的雙手，將他按倒在地。這些都是在五分鐘之內所發生的事情。

不過，這也是理所當然的。因為十香處於無法發揮全部實力的狀態下——而且折紙的裝備也並不完整。

唯一能與完全精靈對抗的真那，在被天使剝奪戰鬥能力的瞬間，就已經分出勝負了。

「十香——折紙……真那……！」

維持雙手被抓住、身體被按倒在地面的姿勢，士道勉強出聲。

「嗚……」

「——」

待在附近的十香與折紙也同樣被壓制住。遍體鱗傷的兩人不斷痛苦喘息。

從士道的所在位置，並無法確認真那的身影。雖然知道真那已經從天空墜落到屋頂上，但是數量眾多的狂三身影卻遮蔽了士道的視線。

「呵呵呵……呵呵。」

在這之中，手中握著槍的狂三露出悠然微笑，同時往士道的方向靠過來。

「啊啊、啊啊，等了好久一段時間呀。我終於可以『享用』士道了呀。」

「住……住手！狂三！不准靠近士道！」

「……放開我——」

十香與折紙即使用力掙扎，也無法逃脫狂三們的拘束。

狂三嘻嘻笑出聲，然後走到士道面前。

然後，此時狂三像是突然想起某件事情般，挑了一下眉毛。

「呵呵——對了。」

說完後，將槍暫時放到左手，然後再把右手高舉過頭。

接下來，與剛才一樣，街道上又開始響起空間震警報。

「什……！狂三，妳在做——」

「呵呵呵，呵呵。我只是在做剛剛沒完成的事情而已唷。現在大家應該還在昏迷中吧——呵呵，一定會死很多人吧？」

「住……住手……！如果妳敢這麼做的話，我就咬舌——」

就在說出這句話的瞬間，壓制住士道的狂三們從左右方將纖細的手指伸進士道的嘴巴中，緊緊按住下顎與舌頭。

「嗚咕……」

「咬舌……？你有辦法做到嗎？」

狂三發出笑聲，握緊右手。周圍開始響起刺耳的高音。

「呼呼……嘻嘻嘻……嘻嘻嘻嘻嘻嘻嘻！好了！為了讓你不敢再次誆騙我，我將為你刻劃下絕望的標記！」

「住收哇（住手呀）──！」

連話都無法說清楚。但是，士道還是勉強擠出聲音。

狂三無視士道的哀求，將右手往下一揮。

狂三──放聲大笑。肆無忌憚、輕薄猖狂地笑出聲來。

「啊──哈哈哈哈哈哈哈哈哈哈哈哈哈哈哈哈哈哈哈哈哈哈哈哈哈哈──！」

瞬間，來禪高中周圍的空氣響起可怕的聲音──空氣如同地震般開始顫動。

但是……

「啊──哈……？」

經過數秒之後，笑聲被疑問所覆蓋。

狂三驚訝地環顧四周。

這也難怪。因為天空確實發出猶如物品摩擦般的刺耳聲音。附近的空氣也猶如炸彈爆炸般地不停震動。

但是——一切僅只於此。

「…………?」

士道也因為感受到一股異樣感而皺起眉頭。

士道已經看過許多次發生過空間震的現場——猶如空間本體被削掉一塊般，全部物品都會消失不見。

不過，如今來禪高中周圍的街道卻依舊完好無缺。

「這是……怎麼回事……?」

狂三疑惑地皺起眉頭。然後……

「——妳不知道嗎?所謂的空間震吶，只要在發生的同時碰撞上同等規模的空間搖晃，就可以互相抵銷唷。」

彷彿在回答問題般，頭上傳來凜然的聲音。

「——妳是誰?」

臉頰抽搐了一下，狂三重新用右手握住槍枝，抬起頭來。

接著，士道也抬頭仰望——然後瞪大了眼睛。

天空，一片赤紅。

最初的感想就是如此。

屋頂上方——也就是士道與狂三們的頭頂上，漂浮著一個火之團塊。

接下來——在火焰之中，可以看見一名少女的身影。

那是名身穿和服裝扮的女孩子。輕飄飄的衣袖其中一半化為火焰隨風搖曳，繫在手臂與腰際的火焰帶子猶如天女的羽衣。

然後，少女的頭部長了兩根冰冷堅硬的角。她的模樣看起來既像個公主——也像個鬼。

但是，士道被那名少女吸引住目光的理由，卻不僅僅如此而已。

目瞪口呆地，開口說話。

「琴……里……？」

沒錯。那名少女正是士道的妹妹，同時也是〈拉塔托斯克〉的司令官。

火焰纏繞全身的少女的身影——看起來無疑就是五河琴里。

琴里慢慢降低飛行高度，然後朝士道的方向瞄了一眼。

「——暫時還給我吧，士道。」

「咦……？」

不明白琴里的意思，士道皺起眉頭。

「……那……是——」

然後，不知為何，折紙的臉上浮現一個士道從沒見過的詫異表情。

「——燃燒吧，〈灼爛殲鬼(Chamael)〉！」

接著，琴里唸出了這個名字。

於是，她的周圍再次產生火焰，最後形成宛如巨大棍子般的圓柱體。

然後，就在琴里握住那把棍子的瞬間，棍子的側部出現了赤紅的刀刃。

那是一把——相當巨大的戰斧。

就在士道啞口無言之際，琴里輕輕鬆鬆地揮舞那把巨大的戰斧，指向狂三。

「來吧——開始我們的戰爭(DATE)吧。」

To be continued

後記

好久不見，我是橘公司。至於一口氣購買三集的讀者們，初次見面，我是橘·菲傑拉爾德·公司。

為您獻上《約會大作戰DATE A LIVE 3 殺手狂三》。這集的故事結構與前兩集不太一樣，不知您是否看得滿意呢？如果您能喜歡的話，那將是我莫大的榮幸。

順帶一提，「狂三」的讀音唸作「KURUMI」。並不是「KYOUZOU」。後者那種讀音明顯是大叔的名字啊。

然後，接下來要向大家報告一件事情。那就是《約會大作戰DATE A LIVE》的**動畫化企畫正在進行中！**

速度好快呀！現在才出到第三集而已耶！連美洲獅都會嚇一跳。

至於詳細的後續報導還要請各位讀者再耐心等待。話說回來，我也是在寫本篇後記的前兩天才聽到這項消息，真的是嚇了我一大跳呀。

唔……但是，動畫呀……我在三年前明明還只是個門外漢，所以現在感到相當不可思議呢。不過，如果從《蒼穹のカルマ》開始計算的話，這本剛好是我的第十本創作呢。在這個時間點製作動畫，真的是很棒吶。

促成這件事情的最大功臣是畫出精美插畫的つなこ老師、每一集都盡力幫忙的責任編輯、出版社的各位，以及正在閱讀本書的各位讀者。

我不會因此而得意忘形，而是會更加致力於創作。所以從今以後也請大家多多指教了。

那麼，已經讀到這裡的讀者們應該相當明白，這集比起以往來說，與下一集的故事有著緊密的關聯性。

接下來，那名角色終於要在下一集的《約會大作戰DATE A LIVE 4》登上封面了。為了還沒閱讀過本文的讀者著想，我就在這裡先賣個關子。

那麼，我們下次再會了。

橘　公司

Kadokawa Light Novels

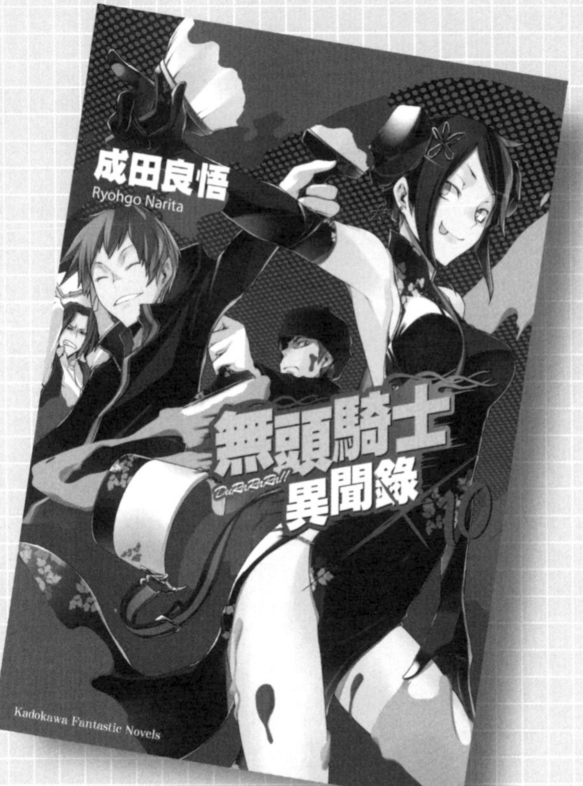

成田良悟
Ryohgo Narita
無頭騎士異聞錄
DuRaRaRa!!
10
Kadokawa Fantastic Novels

無頭騎士異聞錄 DuRaRaRa!! 1~10 待續

Kadokawa Fantastic Novels

作者：成田良悟　插畫：ヤスダスズヒト

日本動畫化！電擊小說大賞金賞《BACCANO！大騷動！》作者系列作！
最青春又扭曲的都市奇幻物語，豪邁的群像劇開打！

位於東京的池袋街道上，漸漸看不到DOLLARS相關人士的蹤跡。這個現狀，不知是否來自昔日好友之間的衝突？於城市裡糾葛不清的粟楠會、地下代理商、情報販子等人計謀下的結果？亦或是身為DOLLARS形象代表，氣宇軒昂的青年陷入昏迷所造成的呢？

各 **NT$200~260/HK$55~75**

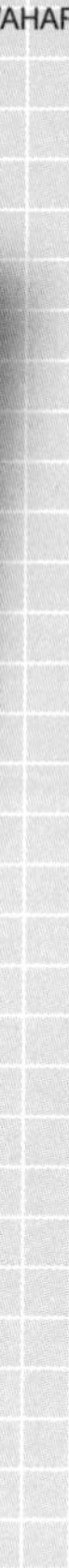

Sword Art Online刀劍神域 1~9 待續

作者：川原 礫　插畫：abec

桐人發現自己掉進奇幻的「假想世界」中。
網路上獲得最多支持的超人氣篇章登場！

「我叫尤吉歐。請多指教，桐人。」這名假想世界裡的居民，也是「ＮＰＣ」的少年竟擁有媲美人類的豐富感情。隨著兩人友情越來越深厚，桐人浮現出過去的某段回憶。自己曾和尤吉歐，還有一名有著金黃色頭髮的少女愛麗絲在一起……

各 **NT$190~260/HK$50~75**

國家圖書館出版品預行編目資料

約會大作戰. 3, 殺手狂三 / 橘公司作 ; 竹子譯.--
初版.--臺北市 : 臺灣國際角川, 2012.09
面 ;　公分. --(Kadokawa fantastic novels)
譯自 : デート・ア・ライブ : 狂三キラー
ISBN 978-986-287-913-9(平裝)

861.57　　　　　　　　　　101015491

Kadokawa
Fantastic
Novels

約會大作戰DATE A LIVE 3
殺手狂三

（原著名：デート・ア・ライブ3　狂三キラー）

2012年9月12日　初版第1刷發行
2024年3月22日　初版第21刷發行

作　者：橘公司
插　畫：つなこ
譯　者：竹子

發行人：台灣角川股份有限公司
總　監：呂慧君
總編輯：蔡佩芬
主　編：林秀儒
編　輯：孫千棻
設計指導：陳晞叡
美術設計：吳佳昫
印　務：李明修（主任）、張加恩（主任）、張凱棋

發行所：台灣角川股份有限公司
地　址：104台北市中山區松江路223號3樓
電　話：（02）2515-3000
傳　真：（02）2515-0033
網　址：www.kadokawa.com.tw
劃撥帳戶：台灣角川股份有限公司
劃撥帳號：19487412
法律顧問：有澤法律事務所
製　版：巨茂科技印刷有限公司
ISBN：978-986-287-913-9